Thomas Galli

Knast oder Heimat?

RHEIN
MOSEL
VERLAG

RHEIN-MOSEL-VERLAG
Zell / Mosel
Brandenburg 17, D-56856 Zell / Mosel
Tel 06542 / 5151 Fax 06542 / 61158

ISBN 978-3-89801-425-0
Lektorat: Dieter Walter
Ausstattung: Stefanie Thur
Titelfoto: Motortion Films / shutterstock.com

Thomas Galli

Knast oder Heimat?

Erzählungen von Recht und Unrecht

Rhein-Mosel-Verlag

Inhalt

Vorwort 7

Totschlag im Flüchtlingsheim 9

Der kriminelle Afghane 31

Das Brennglas 75

Der schwule Konvertit 91

Die kleine Kneipe in unserer Straße 106

Eine bittere Erkenntnis 117

Verkauft 128

Ein guter Mann 141

Nachwort 156

Vorwort

Die Themen »Geflüchtete« und »Kriminalität« verbunden zum Inhalt von Erzählungen zu machen, will wohl überlegt sein. Die Gefahr einer Stigmatisierung und einer Verfestigung der Tendenz, Geflüchtete zuvorderst als Gefahr und Belastung anzusehen, ist groß. Auf der anderen Seite hat sich dieser Zusammenhang bereits im politischen, (massen-) medialen und öffentlichen Diskurs in bedenklichem Umfang etabliert, so dass es darum gehen muss, zumindest ein möglichst realistisches Bild zu zeichnen. Dazu gehören in erster Linie die betroffenen Menschen hinter dem oft instrumentalisierten Bild des »kriminellen Flüchtlings«. Die allerwenigsten kennen tatsächlich Geflüchtete, von denen eine kleine Minderheit dann straffällig wird.

In den vorliegenden Erzählungen will ich den Hintergrund einiger dieser Menschen erhellen. Wo kommen sie her, wie leben sie hier, wie und warum sind sie hier straffällig geworden? Es geht nicht darum, kriminelles Verhalten zu verharmlosen oder gar zu billigen, schon gar nicht Gewalt- oder Sexualstraftaten. Meine mehrjährige Erfahrung als Rechtsanwalt für Straf- und Flüchtlingsrecht und meine über fünfzehnjährige Erfahrung in der Justiz zeigt aber auch: Wenn wir kriminelles Verhalten reduzieren wollen, müssen wir auch unsere eigenen staatlichen und gesellschaftlichen Strukturen und Mechanismen reflektieren. Das gilt ganz allgemein, aber derzeit ganz besonders im Umgang mit Asylbewerbern. Vieles von dem, was die kriminologische Forschung längst als kriminalitätsfördernd erkannt hat, wird im Umgang mit Geflüchteten falsch gemacht. Zudem zeigt sich hier besonders eindrücklich, dass »Kriminalität« ein soziales Konstrukt ist, das sehr leicht für politische oder andere Zwecke wie etwa dazu missbraucht werden kann, Aggressionen gegen Geflüchtete zu schüren, und populistische Maßnahmen wie die Abschiebung »krimineller Ausländer« zu begründen. Ich will mit diesem Buch auch zeigen, dass bei weitem nicht jeder straffällig gewordene Flüchtling eine Gefahr für Deutschlands Sicherheit ist und unbedingt abgeschoben werden müsste.

Die Erzählungen in diesem Buch sind authentisch, aber verdichtet und zum Teil fiktiv ergänzt, sowie zum Schutz von Persönlichkeitsrechten verfremdet.

Bedanken möchte ich mich bei Dieter Walter für das sehr hilfreiche Lektorat.

Thomas Galli

Totschlag im Flüchtlingsheim

I.

Ich freute mich riesig mit Aman, dem Eritreer, einem der freundlichsten Menschen, die ich kannte. Er war als Flüchtling anerkannt worden und hatte eine Lehrstelle als Bäcker bekommen. Seine Frau, die auch aus Eritrea kam und die er im Flüchtlingsheim kennengelernt hatte, war im fünften Monat von ihm schwanger.

Dann jedoch kam die Ladung des Gerichts.

II.

Er hatte mir von seiner Heimat erzählt, einer Heimat, wie sie jeder hat. Es schmerzte ihn fürchterlich, sie verlassen zu müssen, so wie es wohl jeden schmerzen würde. Nicht wenige zogen auch ein Leben in Leid und Not und manchmal sogar den Tod einem Leben in der Fremde vor. Heimat war für sie wie eine Mutter, die man nicht verlassen konnte, auch wenn sie einen noch so schlecht behandelte, und die man noch so wenig liebte – vielleicht sogar hasste. Aman aber wollte leben. Er war nicht dumm genug, sich einzufügen, und nicht bösartig genug, um sich auf die Seite der Macht zu stellen.

So musste er endgültig aus Eritrea fliehen, als er, wie jeder junge Mann und auch jede junge Frau seines Alters zum Nationaldienst, einer Art Wehr- und Arbeitsdienst, eingezogen werden sollte. Die Dauer dieses Dienstes war faktisch unbegrenzt. Manche mussten bis an ihr Lebensende Nationaldienst leisten. Jemand wie Aman würde zu den unangenehmsten und gefährlichsten Tätigkeiten herangezogen werden. Zum Kampfeinsatz im ständig schwelenden Krieg gegen Äthiopien, zur Reinigung der Latrinen der Parteifunktionäre, zur Einäscherung der Leichen, die dieser Staat täglich im Überfluss produzierte. Der Lohn für diesen Dienst war so gering, dass er nicht zum

Überleben reichte. Nicht zum Überleben als Einzelner, und erst recht nicht, um eine Familie zu ernähren.

Es half Aman nichts, dass er zur Schule gegangen war. Es hätte ihm geholfen, wenn sein Vater ein ranghohes Mitglied in der Partei von Präsident Afewerki gewesen wäre, der seit 1993 an der Macht war und einer sogenannten Übergangsregierung vorstand. Aber Amans Vater lebte nicht mehr. Er war ein anständiger Mensch gewesen. Anständig und klug, und damit arm und machtlos. An der Macht waren bösartige Menschen, aber sie waren nicht sehr viele. Das größere Problem, fand Aman, waren die vielen dummen Menschen. Diese profitierten von der Macht der Bösen, und die Bösen stützten ihre Macht auf sie. Ein teuflischer Pakt. Die Bösen konnte man vielleicht bekämpfen, aber die Dummen waren zu zahlreich, und alle Wut und Aggression lief bei ihnen ins Leere. Man konnte sie nicht überzeugen, nur manipulieren, wie es die Bösartigen taten. Und je länger die Bösen an der Macht waren, desto mächtiger wurden die Dummen, und die Dummheit erstickte allen Geist, alles Leben und alle Entwicklung. Sie lähmte und vergiftete das Land und die Menschen, und es würde viele Generationen dauern, bis sich sein Volk davon erholen könnte.

III.

Jedes Schreiben von Gericht und Behörden löste bei Aman immer noch Urängste aus. Er hatte in Deutschland gelernt, dass Richter und Beamte keine schlechten Menschen waren. Dass sie unbestechlich waren, objektiv entschieden, und dass niemand von der Polizei gefoltert oder umgebracht wurde. Aber so oft ihm dies auch von allen Seiten, von den Betreuern im Flüchtlingsheim, von seinen Kollegen bei der Arbeit und von deutschen Freunden aus seiner Fußballmannschaft gesagt wurde: Die Angst vor staatlicher Gewalt würde er nie wieder loswerden – das Gefühl, den eigenen Staat zum Feind zu haben, einen Staat, der sich an keine Regeln hielt, und der keine Grenzen kannte. Dieses abstrakte Gebilde, das den barbarischen Urtrieben des Menschen hemmungslos ihren Lauf ließ, und mehr als das, ein staatliches System, das diese Urtriebe förderte und manchmal sogar erzwang. Die einen erpressten, folterten, ermordeten – aus perverser Lust oder Gier nach Macht und Reichtum. Die anderen taten dies aus purer Angst, sonst selbst ermordet zu werden, oder aus der nackten Not, sonst verhungern zu müssen.

Amans Vater war von einem Tag auf den anderen verschwunden. Nachbarn hatten Amans Mutter erzählt, dass Polizisten ihren Mann auf der Straße verhaftet hätten. Sie hatten ihn nie wiedergesehen und nie herausfinden können, wohin er gebracht worden war. Auskünfte bei der Polizei oder bei den Gefängnissen, bei denen sie nachfragten, gab es nur gegen Geld. Geld, das die Familie nicht hatte.

Amans Familie war nicht die einzige, der es so erging. Im Gegenteil. Er kannte keine Familie, bei der nicht irgendein Familienmitglied spurlos verschwunden oder ermordet worden war – von Soldaten, Polizisten, Geheimdienstmitarbeitern, oder von Gewalttätern, bei denen keiner genau sagen konnte, welcher Organisation sie angehörten. Vielleicht war Amans Vater völlig zufällig ins Visier der Polizei geraten. Nicht selten nahm diese willkürlich Personen fest, um von ihnen oder ihren Angehörigen Geld zu erpressen. Dagegen sprach, dass sich nie jemand an Amans Familie gewandt hatte, um Geld für die Freilassung des Vaters zu fordern. Meist wurden die Gefangenen allerdings gefoltert, um die Zahlungsbereitschaft zu erhöhen und um Angst und Schrecken zu verbreiten. Vielleicht war Amans Vater, der schon länger an Herzproblemen litt, dabei gestorben. Die Ungewissheit darüber, was mit ihm geschehen war, wirkte schlimmer, als jedes Wissen über sein Schicksal es je gekonnt hätte. Aman war erst neun oder zehn, als das passierte, und dass sein Vater durch einen brutalen und herzlosen Staat, dem man völlig hilf-, macht- und rechtlos gegenüberstand, entrissen worden war, prägte Aman für sein Leben.

Auch Aman selbst hatte bereits Kontakt mit Eritreas Justiz gehabt. Er hatte einige Jahre lang die Schule besucht, was nicht alle seiner Freunde konnten. Er musste dazu mit seiner braun-gelben Schuluniform jeden Tag über fünf Kilometer zu Fuß hin und zurück gehen, und er fehlte keinen einzigen Tag. Er wusste, dass seine Mutter hungerte, um ihm den Schulbesuch zu ermöglichen. Er war fast immer pünktlich. Kam man auch nur einige Minuten zu spät, gab es Prügel von den Lehrern. Dazu mussten sich die Zuspätgekommenen vor der ganzen Klasse hinknieen und ihre Arme beide nach vorn strecken. Für jede Minute Verspätung gab es dann einen Schlag mit dem Rohrstock, der meist so heftig war, dass er blutige Striemen hinterließ. Aman und die über sechzig Mitschüler in seiner Klasse hatten sich längst an solche Gewalt gewöhnt. Sie kannten es nicht anders. Den Schülern aber, die der Rohrstock traf, tat jeder Schlag so weh, als sei es der erste. Daran gab es keine Gewöhnung. Nicht nur Zuspätkommen wurde brutal bestraft, sondern jede Missachtung der Regeln. Schwätzen, Raufereien, Streiche, was Kinder halt so tun. Dennoch ging Aman gern zur Schule. Er tat ihm gut, etwas zu lernen und nach jedem Tag etwas mehr zu wissen oder zu können.

Einer seiner besten Freunde, der nur ein paar Hütten weiter wohnte, durfte nicht zur Schule. Er musste seinen Eltern bei der Feldarbeit helfen, und das einzige, was er lernte, war die Tatsache, dass das Leben aus qualvoller, fremdbestimmter Arbeit bestand, die gerade so zum Überleben, aber nicht zum Leben reichte und nie reichen würde. Es gab keine Hoffnung auf eine bessere Zukunft für Amans Freund. Aman selbst hoffte auf eine bessere Zukunft, da sein Vater, solange er noch lebte, und vor allem seine Mutter ihm das von frühester Kindheit an vermittelt hatten. Er war der erste in der Familiengeschichte der zur Schule gehen durfte.

Eines Tages wurde Amans Schule von Polizisten umstellt. Etwa ein Dutzend Pick-ups, die sich rasend schnell dem etwas außerhalb des Wohngebietes gelegenen Schulgelände genähert hatten, positionierten sich um die Schule, die aus einigen flachen Lehmgebäuden bestand, die von deutscher Entwicklungshilfe gestiftet worden waren. Uniformierte mit deutschen G3-Gewehren sprangen von den Pick-ups ab und bildeten einen Kreis um das Gelände, durch den es kein Entkommen gab. Das alles ging so schnell, dass es wohl Hunderte Male geübt worden war. Aman, seine Lehrer und Mitschüler begriffen die Lage erst, als sie bereits umzingelt waren. Der Lehrer, der gerade dabei gewesen war, die Geschichte der Beziehungen von Eritrea und Äthiopien zu unterrichten, erstarrte. Seine panische Angst war ihm anzumerken und übertrug sich auf seine Schüler. Manche erstarrten ebenso, andere fingen an zu weinen, einige schrien auch. Alle blickten hilflos auf ihren Lehrer, einem kleinen, dürren Mann, der wie viele einen Schnurrbart trug, um dem Präsidenten Afewerki ähnlich zu sehen und ihm zu gefallen. Der Lehrer aber hatte sich hingesetzt, zitternd, und starrte vor sich auf den Boden. Als der Chef des Polizeikommandos, der mit mehreren Orden behangen war und goldene Schulterklappen trug, zusammen mit vier von seinen Männern Amans Unterrichtsraum betrat, kreischten die Schüler auf. Einige hatten sich fest aneinandergedrückt und umarmten sich, um aneinander Halt zu finden. Alle wussten, dass das eritreische Regime auch Kinder einsperrte und umbrachte. Oft genug hatte ihnen auch ihr Lehrer, der nun wie ein Häufchen Elend vor ihnen saß, damit gedroht, wenn einzelne Schüler allzu aufmüpfig wurden. Der Polizeichef sprach ruhig und freundlich und erklärte dem Lehrer und seinen Schülern, dass sie alle verhaftet seien. Wer versuchen würde, zu fliehen, werde sofort erschossen. Er selbst trug keine Waffe, sondern zeigte auf die Gewehre seiner Begleiter.

Aman erlebte das ganze Geschehen wie in Trance und konnte sich später nur noch bruchstückhaft an das erinnern, was dann passierte. Einige Schüler der Klasse, darunter Aman, nahmen die Polizisten mit. Sie wurden zu einem fabrikartigen Gebäudekomplex gebracht und dort getrennt voneinander vernommen. Es waren mehrere Männer, die Aman immer wieder fragten, was sein Lehrer über Äthiopien gesagt und unterrichtet hatte. Ob er Äthiopien als guten Staat, als Freund, oder als Feind und Aggressor dargestellt hätte. Aman wusste, dass Äthiopien ein Feind von Eritrea war. Oder dass man zumindest öffentlich sagen musste, dass die Äthiopier Feinde waren. Das sagten seine Eltern und alle, die er kannte. Aber der Lehrer hatte gerade erst begonnen mit seinem Unterricht über Äthiopien. Aman konnte den Männern nichts anderes sagen. Auch nicht, als sie ihre Zigarettenstummel auf seinen Unterarmen ausdrückten, und auch nicht, als sie mit ihren Messern tiefe Schnitte in die Haut über seinen Schienbeinen ritzten. Die Narben würde man ein Leben lang sehen, und man würde sie vor allem auch sehen, wenn Aman in seiner Schuluniform mit der kurzen Hose und dem kurzen Hemd zum Unterricht ging. Irgendwann ließen sie Aman dann wieder laufen, mitten in der Nacht. Völlig traumatisiert und verängstigt, mit bluttriefenden Beinen und schmerzenden Unterarmen, taumelte er durch die Nacht, und erst, als es langsam wieder hell wurde, erreichte er eine Gegend, die er kannte. Als er dann zu Hause ankam, war es für seine Mutter, als sei er neu geboren. Sein Lehrer wurde nie wieder gesehen.

Das alles hatte sich tief und unzerstörbar in Aman eingegraben, in sein Bewusstsein, in seine Träume, in sein Fleisch und sein Blut, und wartete nur darauf, jederzeit wieder auszubrechen.

Aman, dieser sonst so fröhliche, immer freundliche Mensch war ein zitterndes Häufchen Elend, als er mir das Schreiben vom Gericht zeigte. Während er mir erzählte, dass er tagelang nicht hatte schlafen können und für seine Ausbildungsstelle krankgeschrieben war, bekam er immer wieder Weinkrämpfe.

IV.

Aman war als Zeuge geladen. Es ging um eine Messerstecherei, bei der vor etwa einem Jahr in dem Flüchtlingsheim, in dem er damals noch untergebracht war, ein Pakistani mit einem Eritreer in Streit geraten war. Solche Konflikte gab es häufig. Der Eritreer war, wie Aman auch, Christ, der Pakistani wie die meisten seiner Landsleute Moslem. Aber religiöse Differenzen waren nur an der Oberfläche der Anlass für die oft auch gewalttätigen Auseinandersetzungen. Der Hauptgrund bestand darin, dass Pakistani, anders als die Eritreer, so gut wie keine Chance hatten, in Deutschland Asyl zu bekommen. Für die paar Jahre, die die Asylverfahren dauerten, durften jedoch auch die Asylbewerber aus Pakistan den Duft der neuen Welt riechen. Das schürte Neid, Missgunst und Aggressionen, die sich dann in dem beengten Umfeld eines Flüchtlingsheimes an Kleinigkeiten entzünden konnten. So war es auch an diesem Tag. Ein Pakistani beschimpfte einen Eritreer, weil dieser angeblich in der Gemeinschaftsküche zu laut Musik gehört hätte. Ein Wort ergab das andere, und nach vielleicht einer Minute lag der Pakistani blutend und schmerzverkrümmt auf dem Boden. Kurz darauf wurde er bewusstlos, und als der Notarzt etwa zehn Minuten später eintraf, konnte er nur noch den Tod des Asylbewerbers feststellen. Aman war gerade dabei gewesen, sich etwas zu kochen, als der Vorfall passierte, und musste nun als Zeuge aussagen. Der andere Eritreer war wegen Totschlags angeklagt.

V.

Eine Zeugenbetreuerin, die sich vor seiner Vernehmung um ihn kümmerte, konnte Aman etwas beruhigen. Außerdem hatte ihm der Psychiater starke Beruhigungsmittel verschrieben. Als er dann in den Gerichtssaal hineingerufen wurde, zitterten ihm dennoch die Knie. Er war sichtbar froh, als er endlich den Stuhl gegenüber der mit fünf Richtern besetzten Richterbank erreicht hatte. Jeweils im rechten Winkel zur Richterbank saßen links von ihm die Staatsanwältin, und rechts der Angeklagte und sein Verteidiger. Er wurde sprichwörtlich von allen Seiten in die Zange genommen. Nur nach hinten hätte er noch weichen können, doch es gab kein Zurück mehr.

Der vorsitzende Richter belehrte Aman darüber, dass er sich strafbar mache, wenn er falsch aussage, und fragte ihn, ob er alles verstanden hätte. Aman sprach hervorragend deutsch und bejahte die Frage des Richters.

Der nickte ihm nach einigen Fragen zu seinem persönlichen Hintergrund freundlich zu. »Na, dann erzählen Sie mal, Herr Ghebreleul. Es geht um einen Dienstag vor über einem Jahr, genauer gesagt, den 24.09.2017. Um etwa 19 Uhr soll es zu einem Streit zwischen dem hier Angeklagten und dem später Getöteten gekommen sein. Wo waren Sie zu dieser Zeit? Was können Sie zu dem Vorfall sagen?«

Aman sah den Richter an, dem offenbar nicht klar war, ob dieser ihn verstanden hatte.

»Verstehen Sie mich? Sie möchten bitte sagen …«, der Richter sprach nun betont langsam und deutlich, »… wo sie sich zu diesem Zeitpunkt aufgehalten haben, und was sie beobachtet haben.«

»Ich kann mich nicht mehr erinnern.«

Aman sprach sehr leise, als müsse er erst Mut und Kraft sammeln, um überhaupt etwas zu sagen. Die sportlich schlanke Staatsanwältin, die Mitte zwanzig und aus gutem Hause sein musste, rollte mit den Augen und blickte erwartungsvoll zum Vorsitzenden.

Dieser wurde schlagartig weniger freundlich. »Herr Ghebreleul, ich habe Sie gerade sehr deutlich belehrt. Sie sind verpflichtet, hier auszusagen und die Wahrheit zu sagen. Wenn Sie das nicht tun, machen Sie sich strafbar. Sie können dafür ins Gefängnis kommen. Sagt Ihnen das etwas? Gefängnis?«

Aman nickte ängstlich.

»Also, ein letztes Mal: wo waren sie am Dienstag, den 24.09.2017, um 19 Uhr?«

»Ich war in der Küche von unserem Wohnheim.«

»Aha. Und was haben Sie dort getan?«

»Gekocht. Ich habe gekocht. Nudeln.«

»Was Sie gekocht haben, ist nun weniger von Interesse. Bitte antworten Sie nur auf meine Fragen. Verstanden?«

Aman nickte.

»Sie waren also in der Küche und haben gekocht. Was ist dann passiert?«

»Ich weiß nicht. Ich habe gekocht.«

Nun sprang die Staatsanwältin auf und schrie Aman fast an: »Der Herr Vorsitzende hat Sie jetzt zweimal belehrt. Entweder, Sie sagen jetzt aus, und zwar die Wahrheit, nichts als die Wahrheit, oder ich lasse Sie festnehmen. Gleich hier im Gericht. Und dann geht's nach da unten.« Sie zeigte nach unten, wo sich die Haftzellen des Gerichts befanden.

Aman kannte diese Haftzellen nicht. Vielleicht dachte er, die Staatsanwältin drohte ihm mit dem Tode. Jedenfalls sackte er noch weiter in sich zusammen. Die Staatsanwältin hatte sich wieder gesetzt, und Aman blickte unsicher zum Vorsitzenden.

Dieser sah sich offenbar selbst von der Staatsanwältin unter Druck gesetzt. »Die Frau Staatsanwältin hat völlig Recht. Zum letzten Mal. Was haben Sie an diesem Abend beobachtet? Erzählen Sie mir bloß nicht, Sie hätten nichts bemerkt, oder Sie könnten sich nicht erinnern.«

Selbst bei Amans dunkler Haut war zu sehen, dass er immer blasser wurde. Er fing an zu stottern, und sprach nur noch stockend. »Ich … ja, es gab eine Auseinandersetzung.«

»Na, sehen Sie, es geht doch. Und weiter. Wer hat sich mit wem gestritten. Was ist passiert?«

»Es ging um Musik. Der Pakistaner, ich weiß nicht mehr, wie er hieß ...« Aman sah ängstlich in Richtung der Staatsanwältin »... hat einen Landsmann von mir beschimpft.« Aman zeigte auf den Angeklagten »... weil ihm die Musik zu laut war. Er hat immer geschimpft, über irgendwas. Er war immer wütend. Und die Musik war nicht zu laut. Sie war ganz normal.«

»Und wie ging es dann weiter. Irgendetwas muss ja dann wohl passiert sein, sonst hätte der Pakistaner nicht auf einmal blutend und tot auf dem Boden gelegen.«

Aman nickte. »Ja, es gab eine Messerstecherei.«

»Aha, merkwürdig, es wurde allerdings kein Messer gefunden, das der Pakistaner in der Hand gehabt haben sollte. Der Angeklagte hat uns vorhin berichtet, der Pakistaner sei mit einem Messer auf ihn los, und er hätte sich bloß verteidigt. Können Sie das bestätigen?«

»Ja, das stimmt.«

Nun sprang die Vertreterin der Anklage wieder auf, und dieses Mal kreischte sie laut: »Herr ... äh... Zeuge, das glauben Sie doch wohl selbst nicht! Es wurde kein anderes Messer am Tatort gefunden, und in der Vernehmung kurz nach der Tat haben Sie kein Wort davon gesagt, dass das Opfer den Tät... äh... beziehungsweise den Angeklagten mit dem Messer angegriffen hätte!«

»Ich war durcheinander. Schockiert.«

»Sie wollen Ihren Landsmann decken, sonst nichts, Herr Ghebreleul. Ich gebe Ihnen noch eine letzte Chance, die Wahrheit zu sagen. Denken Sie an Ihr Kind, soll es Sie irgendwann im Gefängnis besuchen? Und Sie haben doch jetzt einen Ausbildungsplatz bekommen, für den Sie dankbar sein sollten. Das wäre doch sehr schade um diesen schönen Ausbildungsplatz, oder?«

Es war nicht ganz klar, ob die Juristin das zynisch meinte. Aman starrte vor sich hin.

»Also: hatte der Pakistaner ein Messer in der Hand, und hat er den Angeklagten damit angegriffen?«

Aman nickte traurig: »Ja.«

Die Staatsanwältin winkte die zwei Polizeibeamten zu sich, die zur Bewachung des Angeklagten abgestellt waren. »Dann erkläre ich Sie für vorläufig festgenommen. Sie sind der uneidlichen Falschaussage dringend verdächtig. So. Ab mit ihm.«

Die Polizeibeamten, denen das sichtlich unangenehm war, legten Aman Handschellen an, und führten ihn ab. Nach unten.

VI.

Das nächste Mal traf ich Aman in der Untersuchungshaft, die vom Haftrichter angeordnet worden war, damit Aman sich dem Strafverfahren wegen uneidlicher Falschaussage nicht durch Flucht entziehen könnte. Für Aman war das völlig unverständlich. Er wollte Deutschland doch gerade nicht verlassen. Er war so dankbar und froh, dass er hier endlich zumindest eine Art von Heimat gefunden hatte, in der es sich leben ließ. Und wo sollte er auch hin? Nach Eritrea, wie es ihm der Richter in der Anhörung vorgehalten hatte? Niemals.

Es dauerte einige Tage, bis Aman den Schock der Festnahme und der Inhaftierung etwas überwunden hatte, aber mittlerweile war er wieder etwas zu sich gekommen. Wir saßen uns in dem fensterlosen, unterirdisch gelegenen Besprechungsraum des Gefängnisses gegenüber. Aman lachte fast so viel wie früher, mit seinen strahlend weißen Zähnen. Irgendwie hatte sein Äußeres mit seiner schlanken Figur und der dunkelbraunen, ins Schwarze übergehenden Hautfarbe etwas Feines, Edles. Mit einem weißen Kittel anstelle der Gefangenenkleidung hätte er einen hervorragenden jungen Arzt abgegeben. Seine Erscheinung wirkte fast unnatürlich lebendig in diesem kahlen, herzlosen Raum, an dessen Wänden der Putz abblätterte und in dem sich nur ein alter Besprechungstisch, zwei Stühle und ein Telefon befanden.

Er erzählte mir, wie es ihm in der Haft erging. Die Beamten im Gefängnis hatten selten Zeit für ihn, waren aber sehr freundlich. Kein Vergleich mit den Folterknechten Eritreas. Und sogar Frauen durften hier arbeiten!

Amans Miene wurde jedoch schlagartig traurig, als er von seiner eigenen Frau erzählte. Einmal durfte er mit ihr telefonieren, um ihr mitzuteilen, dass er nun im Gefängnis war. Warum, hatte er selbst nicht ganz verstanden, und wann er wieder entlassen würde, konnte ihm niemand sagen. Dass er nicht gefoltert wurde war das einzig Tröstende, was er seiner Frau, die kurz vor der Niederkunft stand, sagen konnte. Aman war in einem Haftraum zusammen mit drei weiteren jungen Männern untergebracht. Einer von ihnen, der noch dürrer als Aman war, und sehr krank und depressiv wirkte, war auf Drogenentzug. Aman und die anderen waren gebeten worden, auf ihn aufzupassen und sofort die Beamten zu informieren, wenn er versuchen sollte, sich etwas anzutun, oder wenn er kollabierte.

Die beiden anderen Männer waren, obwohl erst Mitte zwanzig, bereits zum wiederholten Male in Haft und kannten sich aus. Sie waren freundlich, und die einzigen, mit denen Aman in den ersten Wochen seiner Haft regelmäßig reden konnte. Es waren auch die einzigen, die ihm erklärten, wie er sich im Gefängnis verhalten müsse, und wie es voraussichtlich mit ihm weiterging. Nach wenigen Tagen hatten die beiden Heroin für den Süchtigen auf Entzug organisiert, dem es von da an deutlich besser ging. Er verschuldete sich allerdings erheblich bei den beiden Mitgefangenen, die ihm immer wieder Drogen beschafften. Nur einen Teil dieser Schulden konnte er abbezahlen, indem er alles, was er im Gefängnisladen an Kaffee oder Süßigkeiten kaufen durfte, an sie abgab. Den größten Teil würde er selbst durch Drogengeschäfte verdienen müssen, wenn er in der Anstalt etwas Fuß gefasst hatte.

Für Aman war das alles keine Belastung. Das Schlimmste war die Trennung von seiner Frau. Ihm selbst ging es gut, er war aus Eritrea viel schlimmere Umstände gewohnt als die, die er hier in Haft vorfand. Es gab gut und ausreichend zu essen, und es war tagsüber nicht zu warm und nachts nicht zu kalt. Er war der einzige Eritreer in der Anstalt, aber das spielte keine allzu große Rolle. Die manchmal feindselige Stimmung, die ihm außerhalb der Haft gelegentlich begegnete, weil er Ausländer war, war unter den Gefangenen nicht zu spüren. Sie waren alle Gefangene, und die anderen waren die Beamten.

VII.

Auf Amans Bitte hin rief ich seine Frau an, um ihr mitzuteilen, dass sie ihn in Haft besuchen dürfte. Sie aber hatte noch größere Angst vor der Justiz und vor Gefängnissen als Aman selbst, da sie in Eritrea als junges Mädchen mehrfach von Polizisten vergewaltigt worden war. Und ihre kleine Tochter, die vor kurzem geboren war, würde sie ohnehin niemals in ein Gefängnis mitnehmen. Aman selbst durfte nicht mit seiner Frau telefonieren. Solche Telefonate wurden nur im Ausnahmefall ermöglicht, so dass sie sich nur schreiben konnten.Diese Trennung war für Aman eine Qual, und als seine Frau ihm ein Bild der neugeborenen Tochter schickte, musste er tagelang weinen. Die Beamten schickten ihn zum Anstaltspsychiater, der ihm Psychopharmaka verschrieb, die er von da an einnehmen musste.

Zunehmend Sorge machte Aman und mir, dass er bei einer Verurteilung möglicherweise direkt nach der Haft nach Eritrea abgeschoben würde. Dann würde Aman seine Frau, die lieber tot sein wollte, als nach Eritrea zurückzukehren, wohl nie wiedersehen. Und seine Tochter würde er vielleicht nie persönlich zu Gesicht bekommen. Ich versprach ihm, mich um seine aufenthaltsrechtliche Situation zu kümmern, und riet ihm, sich an den zuständigen Anstaltsjuristen zu wenden, um seine Frau und seine Tochter vielleicht einmal außerhalb der Anstalt sehen zu dürfen.

Aman musste einen Antragsschein ausfüllen, und etwa eine Woche später wurde er in einen Warteraum mit einigen anderen Gefangenen gebracht, die nacheinander dem Anstaltsjuristen vorgeführt wurden. Endlich war Aman an der Reihe. Ein Beamter brachte ihn ins Büro des Juristen, der dort an einem runden Besprechungstisch saß und Aman bat, ebenfalls dort Platz zu nehmen.

VIII.

Aman erzählte mir später, wie erstaunt er war, dass der Jurist nur etwa so alt wie er selbst war. In seiner Heimat waren es nur ältere Männer oder Verbrecher, die solche Machtpositionen innehatten. Vor sich hatte der Anstaltsjurist neben Amans Gefangenenakte ein sehr dickes Buch mit rotem Einband liegen. Sicher einen Gesetzestext. Der Beamte wirkte auf Aman nicht unfreundlich, aber irgendwie genervt. Aman fragte ihn, ob er einmal die Anstalt verlassen dürfte, notfalls auch unter der Aufsicht eines Beamten. Ein Mal. Nur ein einziges Mal, um seine neugeborene Tochter in die Arme nehmen zu können.

Der Jurist schüttelte unwillig den Kopf. »Ein Mal? Ein einziges Mal? Wissen Sie, wie viele Gefangene hier ein einziges Mal rauswollen? Wenn ich es Ihnen erlauben würde, müsste ich es allen erlauben. So viel Personal haben wir gar nicht. Außerdem sind Sie in Untersuchungshaft. Wegen Fluchtgefahr. Das Gericht würde das nicht erlauben.«

»Aber meine Tochter ist gerade erst geboren. Ich will doch nicht abhauen, wohin sollte ich denn gehen? Ich will doch nur meine Tochter sehen, das haben doch die anderen Gefangenen nicht alle …« Aman wollte auf keinen Fall weinen und kam ins Stocken.

Der Jurist wurde spürbar unwirsch. »Ihre Frau kann Sie doch mit der Tochter hier besuchen! Und als Sie ihre Straftat begangen haben, haben Sie auch nicht an Ihre Familie gedacht!«

Aman versuchte, sich wieder zu fangen. »Meine Frau kommt nicht ins Gefängnis.«

Der Jurist nickte wissend, als habe er Derartiges schon oft gehört. »Ah ja. Da wird mir einiges klar. Dann müssen Sie sich mit Ihrer Frau auseinandersetzen. Wir können nicht auch noch in Beziehungskonflikten vermitteln!«

»Nein, nein, ich ...«

Der Beamte hatte Amans Akte schon zugeklappt, und Aman sah ein, dass es keinen Sinn mehr machte. Er wollte schon wieder aufstehen, da fiel ihm noch eine Frage ein. »Ich wollte noch fragen, werde ich jetzt aus Deutschland abgeschoben?«

»Ich bin eigentlich nicht ihr Anwalt. Ich bin sozusagen der Anwalt der Anstalt, verstehen Sie? Aber ich will mal so sagen: wenn Sie verurteilt werden, ist eine Ausweisung aus Deutschland gut möglich. Es gibt nur einen sicheren Weg, das zumindest für längere Zeit zu verhindern.« Aman blickte ihn erwartungsvoll an.

Der Anstaltsjurist lachte: »Sie müssen weitere Straftaten begehen! Dann bleiben Sie hier, bei uns. Im Gefängnis. Nach Eritrea in den dortigen Knast werden Sie wohl kaum überstellt. Sie können sich Ihren Aufenthalt also erarbeiten, indem sie Schuld auf sich laden, die Sie dann hier abtragen können. Das wäre dann ihre Pflicht, und auch ihr Recht, hierzubleiben. Als Träger der Schuld.«

IX.

Aman war am Boden zerstört. Er wollte alleine sein. Als er in seinem Haftraum saß und aus dem vergitterten Fenster starrte, während die anderen ihre tägliche Stunde im Freien verbrachten, übergab ihm ein uniformierter Beamter das Schreiben seines Arbeitgebers, der sehr bedauerte, dass er Aman aus dem Ausbildungsverhältnis entlassen müsse.

X.

Als seine Mitgefangenen zurück auf den Haftraum kamen und Aman blass und mit vertränten Augen auf seinem Bett liegen sahen, beschlossen sie, ihn etwas aufzumuntern. Sie hatten in den letzten Wochen mit Brot, Obst, Zucker und Orangensaft einen großen Becher gefüllt, in dem im Laufe der Tage Alkohol gegoren war. Den Becher hatten sie auf der Innenseite der Toilettenschüssel, die in der Regel nicht kontrolliert wurde, angeklebt. Wenn doch einmal ein Beamter das Gefäß entdecken sollte, könnte jeder der vier Haftrauminsassen sagen, dass es nicht seines sei. Dieses Mal jedoch war alles gut gegangen. Sie hatten hochprozentigen Alkohol, den sie nun gemeinsam mit Aman genießen wollten. Das Gebräu stank fürchterlich, aber wenn man es mit Saft vermischte, konnte man es trinken.

Aman wollte eigentlich nicht mittrinken. Er hatte in seinem Leben selten Alkohol getrunken, höchstens ab und zu ein Bier. Härtere Sachen wie Schnaps vertrug er nicht. Heute aber war ihm alles egal. Seine Ausbildung war weg, sein Aufenthaltsrecht in Deutschland würde wohl in absehbarer Zeit, zumindest außerhalb dieses Gefängnisses, auch weg sein, und es wurde immer unwahrscheinlicher, dass er seine Tochter jemals sehen durfte. Er hatte so lange und so hart gekämpft, er hatte seine Heimat verlassen, die Gefahren und Mühen der Flucht überstanden und sich hier in Deutschland etwas aufgebaut. Alles weg. Auch die Hoffnung darauf, es jemals wieder zu bekommen.

Auch mit viel Saft vermischt brannte ihm der Alkohol auf der Zunge und in der Kehle, aber er tat so gut! Schon nach den ersten Schlucken fühlte er sich erleichtert, gelöst. Er war froh, seine Haftraumgenossen zu haben, die ihm mit jedem Schluck näher ans Herz rückten. Es war Freitagabend, und so wenig Beamte in der Anstalt, dass nie einer in ihren Haftraum schauen würde. So tranken sie und sahen fern, lachten und redeten. Als Aman aufstehen wollte, um auf die Toilette zu gehen, konnte er es nicht. Seine Knie zitterten, ihm wurde schwindlig, er versuchte, irgendwo Halt zu finden und fiel wieder auf sein

Bett zurück. Die anderen lachten, und als Aman sich in die hellblaue Gefangenenhose pinkelte, auf der sich langsam ein dunkler Fleck ausbreitete, applaudierten sie, und Aman freute sich.

Doch irgendwann kippte die Stimmung. Warum, konnte später keiner mehr sagen. Aman fing an, mit Gegenständen zu werfen und um sich zu schlagen. Einer der anderen drückte den Notruf, und als die Beamten die Haftraumtür öffneten, schleuderte Aman, der inzwischen wieder stehen konnte, einen Stuhl auf sie. Einer der Beamten, ein junger Familienvater, der sich viel stärker als andere um Aman gekümmert hatte, wurde durch den Stuhl am Auge verletzt. Er war monatelang krankgeschrieben und durch den Vorfall so traumatisiert, dass er danach nur noch in der Zahlstelle der Anstalt Dienst leisten konnte, ohne unmittelbaren Kontakt mit Gefangenen.

XI.

Aman erzählte mir das alles im Besuchsraum eines anderen Gefängnisses, in das er nach dem Vorfall verlegt worden war. Er hatte nun eine weitere Anklage am Hals. Dieses Mal wegen gefährlicher Körperverletzung, und er galt von nun an als gefährlicher Gefangener. Er wurde allein in einem Haftraum untergebracht und musste seinen Aufenthalt im Freien die ersten acht Wochen in der neuen Anstalt getrennt von allen anderen Gefangenen absolvieren. Er durfte nicht an den Sport- und Freizeitangeboten der Anstalt teilnehmen. Erst als die Beamten merkten, dass er nüchtern ein freundlicher und sanfter Mensch war, wurden seine Beschränkungen langsam gelockert. Er meldete sich für die wöchentliche Schachgruppe an und lernte Harry kennen. Leider.

XII.

Harry war in Haft, weil er mit einigen Bekannten zusammen ein Asylbewerberheim angezündet hatte. Er sah zum Fürchten aus. Er war nicht sehr groß, aber bullig, mit Stiernacken und dicken Adern, die an seinen Unterarmen hervorquollen. Irgendwie erinnerte er Aman an eine weißhäutige Version von Mike Tyson. Ganz allgemein schien sein Körper hauptsächlich darauf bedacht, die überschüssige Energie und Kraft mühsam zu bändigen. Sein völlig haarloser Kopf war ständig rot erhitzt, und er hatte sich auf Anraten seines Therapeuten zur Schachgruppe angemeldet, um zu lernen, zumindest für einige Minuten still zu sitzen. Er mochte vielleicht Anfang dreißig sein und erzählte Aman, dass er fast die Hälfte seines Lebens in Haft verbracht hätte. Die andere Hälfte sei er mit Drogen und Alkohol berauscht gewesen. Am Anfang wurde er mehrfach wegen Drogendelikten inhaftiert, dann kamen zunehmend auch Körperverletzungen dazu, und schließlich hatte er sich den Rechtsradikalen angeschlossen. Er wollte einfach irgendwo dazugehören, und ließ sich ein Hakenkreuz auf die Brust tätowieren. In der Anstalt war es ihm daher untersagt, etwa zum Sport mit freiem Oberkörper herumzulaufen. Duschen durfte er nur alleine.

Harry war, seinem Äußeren zum Trotz, durchaus freundlich, und wurde bald Amans bester Kumpel. Aman half Harry, wenn er Anträge oder ähnliches schreiben wollte, da Harry selbst kaum schreiben konnte.

Er war es, der Aman im Gegenzug einen Ausweg aus allen seinen Problemen aufzeigte. Sie sollten zusammen aus der Anstalt fliehen. Dann könnte Aman mit seiner Frau und seiner Tochter nach Italien ziehen. Dort sei das Rechtssystem zusammengebrochen, es wimmele nur so von illegal Eingereisten. Kein Mensch würde sie dort finden, so dass sie von dort aus überlegen könnten, wie es weiterginge. Und zumindest würde er seine Tochter dann einmal sehen, und in den Arm nehmen können! Flucht aus dem Gefängnis sei in Deutschland nicht strafbar, er könnte auch einfach und ohne Nachteile in die Anstalt zurückkehren, wenn er nicht nach Italien wollte.

Für Aman hörte sich das alles nicht unbedingt überzeugend an, aber andererseits: welche Alternativen hatte er? Es gab niemanden, der ihm sonst in irgendeiner Hinsicht Hoffnung machen konnte. Vor allem wollte er seine Tochter endlich sehen. Alles andere wäre dann zweitrangig. Und dass eine Flucht nicht strafbar war, das sagten auch die anderen Gefangenen. Mir erzählte er erst von dem Ganzen, als es wieder vorbei war. Harry sagte, ihm sei es egal, ob er hier in Haft oder in Freiheit wäre, aber eine Flucht sei eine schöne Herausforderung. Wenn ihnen die gelänge, könnten sie sich einen echten Namen machen. Sie würden zu Legenden, weit über die Anstalt hinaus bekannt. Er hätte auch schon einen Plan, wie die Flucht konkret ablaufen sollte.

XIII.

Seine Frau schrieb Aman immer seltener, und sein Verdacht wurde zunehmend stärker, dass sie einen neuen Mann hatte. Oder einen wollte. Für eritreische Frauen war ein Mann überlebenswichtig. Im wahrsten Sinne des Wortes. Und er war kein Mann mehr für sie, konnte keiner mehr sein. Sie ging kaum noch auf seine Fragen ein und schickte ihm nur noch alle paar Wochen ein Bild von seiner Tochter.

XIV.

Harrys Plan war, dass Aman beim täglichen Hofgang, der im Innenhof des vierseitigen Gebäudes mit den Hafträumen stattfand, einen Schlaganfall oder Ähnliches simulieren sollte. Dadurch würde er alle Aufmerksamkeit der beiden Beamten, die den Hofgang überwachten, auf sich ziehen. Das wollte Harry nutzen, um sich an den Gittern der Haftraumfenster wie ein Freeclimber zum Dach des dreistöckigen Gebäudes hochzuhangeln. Dort befand sich kein Stacheldraht. Die Sicherheitsabteilung der Anstalt hatte vor Jahren einmal eines ihrer Mitglieder, einen passionierten Freikletterer, gebeten, mit Absicherung zu versuchen, auf das Gebäude zu klettern. Er hatte es nicht geschafft, so dass es nicht für notwendig gehalten wurde, das Dach mit Stacheldraht zu sichern. Vom Dach aus könnte Harry dann ohne weiteres auf die Straße flüchten, die an der anderen Seite direkt am Hafthaus vorbeiführte. Das war der einzige Bereich der Anstalt, der nicht zusätzlich durch eine Außenmauer geschützt wurde. Aman würde dann, so Harrys weiterer Plan, vom Notarzt ins Krankenhaus außerhalb der Anstalt geschickt werden, um seinen Gesundheitszustand abklären zu lassen. Dabei würde Aman wie üblich von zwei unbewaffneten Beamten überwacht werden. Auf Harry würden angeblich draußen seine Kumpel warten, mit denen zusammen Harry dann die Beamten im örtlichen Krankenhaus leicht überwältigen könnte und Aman befreien würde.

XV.

Fast täglich erhielt Aman Schreiben von Gerichten, Behörden und Rechtsanwälten. Seine Frau hatte inzwischen tatsächlich die Scheidung beantragt und forderte mehr Unterhalt von ihm. Kurz danach kam ein weiteres Schreiben, das ich ihm weitergeleitet hatte. Die Ausländerbehörde teilte uns mit, dass seine Ausweisung aus Deutschland beabsichtigt sei und wir nun vier Wochen Zeit hätten, dazu Stellung zu nehmen.

XVI.

Harrys Plan funktionierte nicht unbedingt schlecht. Zumindest kam Harry tatsächlich bis auf das Dach des Gebäudes. Allerdings brach er sich beide Beine, als er auf der anderen Seite versuchte, zur Straße herunterzuklettern und dabei abstürzte. Er war es daher, der ins Krankenhaus kam, nicht Aman. Nach einer kurzen Aufregung, die Harry zum Erklimmen des Hafthauses nutzte, merkten die Wachbeamten schnell, dass Aman nur simulierte. Er konnte sich einfach nicht richtig verstellen. Die Beamten riefen noch nicht einmal den Notarzt.

XVII.

Zwei Wochen später wurde Aman zum Anstaltsjuristen gerufen. »Wissen Sie, wer wieder bei uns ist? Ihr Freund Harry. Er ist aus dem Krankenhaus zurück. Und wissen Sie noch was, was er uns gesagt hat? Er hat uns bestätigt, dass Sie den Anfall deshalb simuliert hatten, um ihm zur Flucht zu verhelfen. Und wissen Sie noch was?« Aman schüttelte den Kopf. Es machte ihn fassungslos, dass Harry, den er für einen echten Freund gehalten hatte, ihn verraten hatte. Er selbst hätte das nie getan. Nicht einmal bei Androhung von Folter. »Flucht ist nicht strafbar. Aber jemandem bei seiner Flucht zu fördern, ist sehr wohl strafbar!« Der Jurist lächelte triumphierend und blickte Aman stolz an, fast so, als erwarte er sich von ihm ein Lob für seine Rechtskenntnisse. Aman konnte kein Wort mehr sagen. Er starrte leer vor sich hin, und als er zurück in seinem Haftraum war, zerknüllte er das Bild seiner Tochter, das an seiner Pinnwand hing, steckte es in den Mund, schluckte es herunter und weinte.

XVIII.

Ich schrieb noch eine Stellungnahme an die Ausländerbehörde gegen Amans beabsichtigte Ausweisung im Anschluss an seine wohl jahrelange Haft. In der Sache würde ich wahrscheinlich nichts gegen diese Ausweisung tun können. Aber niemandem zu schreiben, was ich davon hielt, war auch keine Lösung.

Der kriminelle Afghane

I.

Nur noch wenige Minuten. Durch sein Zielfernrohr sah Danial den Konvoi mit den deutschen Militärfahrzeugen, wie er sich durch die afghanische Steppe auf dem fast geraden Schotterweg der Brücke näherte.

Mit ihm, dem anderen, hätte das alles ohnehin nichts zu tun. Dachte dieser.

II.

Den anderen würden wohl nicht viele als anziehend bezeichnen. Sein Gesicht hatte etwas Verschlagenes, Berechnendes, Falsches. Auch wirkte er eher einfach strukturiert. Fast tumb. Doch er trug ein Selbst- und Machtbewusstsein zur Schau, mit dem er die Lücken besetzte, die die meisten anderen Menschen ihm überließen: Weil sie Sinnvolleres zu tun hatten, weil sie solidarisch waren und empathisch. Er hielt das alles für Schwäche, polterte über die Gefühle, Interessen und Argumente anderer hinweg und hielt sich deswegen für selbstbewusst und durchsetzungsstark. Es funktionierte. Er hatte es zum Ministerpräsidenten seines Bundeslandes gebracht.

III.

Danials Vater war, gemessen an deutschen Maßstäben, ein Krimineller. Ob er zu den Taliban gehörte, wurde nie wirklich klar, aber er machte mit ihnen gemeinsame Sache. Eigentlich machte er mit allen, von denen er profitieren konnte, gemeinsame Sache. Er war Besitzer eines Grundstücks von mehreren hundert Hektar Größe am Fuße des Hindukusch, und Danial erkannte mit zunehmendem Alter, warum sein Vater so reich war und wie er sein Geld verdiente. Er traf sich oft mit den Ältesten und Stammesfürsten aus ganz Afghanistan, mit Führern der Taliban und des Islamischen Staates, mit Vertretern der afghanischen Regierung und mit hohen Militärs der Amerikaner und anderer ausländischer Truppen. Er organisierte Waffen- und Drogengeschäfte, und verkaufte wertvolle Informationen. Offensichtlich bekam er von allen Seiten Geld. Je mehr ausländische Truppen in Afghanistan stationiert waren, und je mehr Geld Afghanistan von Deutschland und anderen Ländern bekam, damit diese abgelehnte Asylbewerber wieder nach Afghanistan zurückschicken konnten, desto reicher wurde Danials Vater. Er konnte sich bald einen eigenen Militärhubschrauber, und ein paar Dutzend Leibwächter und Kämpfer leisten. Alle nannten ihn den General.

Verheiratet war der General mit mehreren Frauen, und Danial war, soweit er wusste, sein achtzehntes und bislang jüngstes Kind. Das einzige Kind mit der Frau seines Vaters, die dieser zuletzt geheiratet hatte.

Die Frauen und Kinder des Generals lebten zusammen in einem riesigen, fünfstöckigen Gebäude, auf dessen Dach sich ein Hubschrauberlandeplatz befand. Dieses Gebäude war der Mittelpunkt des weitläufigen Grundstücks mit Dutzenden von Häusern, die als Lagerräume für Waffen und anderes Material und als Unterkunft für die Leibwächter und Kämpfer des Vaters dienten. Nach außen war das karge, steppenartige Gelände wie ein Feldlager des Militärs abgeriegelt, mit Stacheldraht und bewaffneten Wächtern. Seinen Vater sah Danial kaum. Dieser war meistens zu Besprechungen und Geschäften unterwegs, und Danial verbrachte die meiste Zeit mit seiner Mutter und seinen älteren Geschwistern.

Seine Mutter liebte er abgöttisch, und für sie war er ihr ein und alles. Sie war Analphabetin und fast dreißig Jahre jünger als Danials Vater, mit dem sie noch als Jugendliche zwangsverheiratet worden war. Der Vater behandelte sie nicht unbedingt schlecht, solange sie seine Anordnungen befolgte. So ging er auch mit Danial und seinen übrigen Kindern und Frauen um. Wer sich so verhielt, wie der Vater es sich vorstellte, dem ging es besser als vielen anderen in Afghanistan. Es gab genug und gut zu essen und zu trinken, niemand musste allzu hart arbeiten, die medizinische Versorgung war gut. Danial und seine Brüder hatten einen eigenen Lehrer, der sie vor allem den Islam, aber auch Englisch lehrte, da der General auch viele Geschäfte mit den Amerikanern machte. Wort und Wille des Vaters waren allerdings Gesetz, und wer dagegen verstieß, musste mit empfindlichen Strafen rechnen. Der General wurde besonders wütend, wenn seine Kinder, seine Angestellten oder gar eine seiner Frauen westliche Fernsehsender wie CNN sahen oder andere Bücher als den Koran lasen. Dann gab es meist Stockhiebe, deren Anzahl der Vater vorher festlegte und die dann einer von seinen Leibwächtern ausführte.

Für andere Vergehen hatte der General auch die Freiheitsstrafe eingeführt. Eines der auf dem Grundstück verteilten flachen Gebäude, das von außen betrachtet ein Toilettenhäuschen hätte sein können, diente ihm dafür als Gefängnis. Das kleine Gebäude bestand aus einem etwa fünfzehn Quadratmeter großen Raum mit einem winzigen, vergitterten Fenster. Auf dem Lehmboden lag eine alte, vergammelte Matratze. Hinter einem kniehohen Mauerstück befand sich ein Loch über einer riesigen, tiefen Grube, die etwa zur Hälfte mit dem Urin und

Kot der jeweiligen Insassen dieses kleinen Privatgefängnisses gefüllt war.

Danial war einmal zwei Wochen dort eingesperrt gewesen, weil er sich geweigert hatte, einem der Kämpfer des Vaters Stockhiebe zu verpassen. Dieser hatte angeblich sein Gewehr nicht ordnungsgemäß geladen, als er den Vater bei einer Geschäftsreise begleiten sollte. Danial sollte, wie es der General ausdrückte, langsam an die gesunde, männliche Härte herangeführt werden. Er hatte bemerkt, dass Danial ab und zu kleine Gedichte schrieb und auch sonst zarter und sensibler als seine übrigen Söhne wirkte. Danial konnte den Angestellten seines Vaters einfach nicht schlagen. Er wusste nicht, ob er überhaupt jemanden, dessen Hände an einen Eisenring an der Wand gefesselt waren, so schlagen könnte, dass sich sein freier Rücken nach kurzer Zeit von der aufgeplatzten Haut blutrot färbte, und der mit jedem Schlag lauter schrie, bis er dann nur noch wimmerte oder sogar bewusstlos wurde.

Aber ihn, gerade ihn könnte er ohnehin nie schlagen. Es war Amar. Amar war kaum älter als Danial. Er kam aus einer bettelarmen Familie, die ihn von zu Hause weggeschickt hatte, weil sie ihn weder ernähren noch brauchen konnte. So heuerte Amar bei Danials Vater zunächst als Handlanger an und brachte es durch seinen Fleiß und seine Lernfähigkeit binnen weniger Jahre zu einem seiner engsten Leibwächter. Amar wusste, oder glaubte vielmehr, dass seine einzige Chance, es im Leben zu etwas zu bringen, darin bestand, es Danials Vater rechtzumachen. Er hatte keinerlei Bildung genossen und konnte nur das, was er in den Jahren seines Dienstes für den General gelernt und sich selbst angeeignet hatte. Er war Danials Vater treu ergeben, und es war Amar anzumerken, dass ihn fast mehr noch als die drohende Prügelstrafe die Tatsache belastete, dass er seinen Ziehvater enttäuscht haben könnte. Er schwor Stein und Bein, dass er sein Gewehr bewusst noch nicht geladen hatte sondern dies beim Verlassen des gesicherten Geländes getan hätte. Formal aber hatte er die Vorschriften des Generals nicht eingehalten, der an ihm nun ein Exempel statuieren wollte. Vielleicht wollte er auch Amars Loyalität auf die Probe stellen. Oder Danials Vater war es ein Dorn im Auge, dass Danial und Amar in den letzten Jahren Freunde geworden waren.

Sie hatten sich beim gemeinsamen Schießtraining kennengelernt und immer mehr Zeit miteinander verbracht. Ihr größtes Hobby war die Musik. Wann immer Danials Vater nicht zu Hause war und Amar ihn nicht begleiten musste, trafen sie sich, um sich im Internet ihre Lieblingsbands und -musiker anzusehen. Mit Hip-Hop, Rap und anderen modernen Musikrichtungen konnten sie weniger anfangen. Erst recht nicht mit kindisch-seichtem Pop. Sie himmelten dagegen Willie Nelson, Bob Dylan, Bruce Springsteen, oder Neil Young an. Diese Männer sangen von Liebe und Heimat, von Schmerz und von Hoffnung, und sie verkörperten für sie die Sehnsucht nach einer heileren Welt, die sie nicht mit Waffen und Gewalt, sondern mit Gitarre, Gedanken, Gedichten und Gesang schaffen wollten. Sie kamen aus Amerika, dem großen, unbekannten Land, zu dem jeder in Afghanistan mit Hass oder Sehnsucht oder meist mit beidem aufsah. Und irgendwie waren das auch die Väter, die sie selbst nicht hatten.

Sie hatten sich heimlich zwei alte Akustik-Gitarren und eine Mundharmonika organisiert, die sie immer, wenn es ging, aus dem Versteck holten. Sie versuchten dann, ihren Vorbildern nachzueifern, und wurden schnell richtig gut. Auch die englische Sprache lernten sie so schneller und besser, als es ihnen der Privatlehrer je hätte beibringen können. Vielleicht hatte einer der anderen Bodyguards des Vaters die beiden verraten, weil dieser nun ausgerechnet von Danial verlangte, Amar zu bestrafen.

Danial weigerte sich, und er blieb auch bei dieser Weigerung, als sein Vater ihm androhte, dann ihn statt Amar verprügeln zu lassen. Danials Mutter flehte ihren Mann an, das nicht zu tun, und entweder aufgrund dieses Flehens oder weil er Danial nicht monatelang gesundpflegen lassen wollte, hatte er entschieden, ihn stattdessen zwei Wochen lang einsperren zu lassen.

Mehr noch als unter dem Gestank hatte Danial unter der täglichen Hitze in dem kleinen Raum gelitten, einer bleiern schweren Hitze, die Danial fast bewusstlos machte und durch keinen Windhauch erträglicher wurde. Dreimal am Tag brachte ein Wächter einen Krug mit lauwarmem Wasser, gerade so viel, dass Danial nicht verdurstete. Seine Mutter durfte ihn in dieser Zeit nicht besuchen, und für sie war die Strafe wohl noch härter als für ihn. Viel schlimmer als jede Strafe war für Danial, der kaum vierzehn Jahre alt war, jedoch der Entzug der wenigen Aufmerksamkeit, die der Vater seinen Frauen und Kindern überhaupt zu geben bereit war, und aus der sie sich zumindest in der Illusion eine Art von Zuneigung pressen mussten wie Wasser aus einem vertrockneten Kaktus.

IV.

Der Vater des anderen war Bauunternehmer, seine Mutter dessen Sekretärin. Seine Eltern hatten nie geheiratet und sich noch vor seiner Geburt getrennt. Er hatte fast fünfzig Jahre lang keinen Kontakt mit seinem leiblichen Vater gehabt und sah ihn erst wieder in einer Boulevardzeitung, als er selbst zum Ministerpräsidenten gewählt worden war. Aufgewachsen war er bei seiner Mutter, die nach einigen kurzzeitigen Partnerschaften den Oberbürgermeister ihrer Heimatgemeinde geheiratet hatte. Der Oberbürgermeister, der gut zwanzig Jahre älter als seine Frau und zum vierten Mal verheiratet war, trat nach außen leutselig und zugänglich auf, führte zuhause aber ein strenges Regiment. Er war zwanghaft darauf bedacht, nach außen das Bild einer heilen Familie zu zeigen. Wenn der spätere Ministerpräsident sich als Kind von fünf oder sechs Jahren etwa bei einem Empfang im Rathaus aus Sicht des Oberbürgermeisters danebenbenommen hatte, dann gab es abends Prügel. Jeden

Sonntag musste die gesamte Familie öffentlichkeitswirksam in die Kirche gehen.

Der Ministerpräsident distanzierte sich jedoch nie von seinem Stiefvater. Ganz im Gegenteil. Er trat in die gleiche Partei ein und lobte seinen Stiefvater, den ehemaligen Oberbürgermeister, in vielen Reden als seinen geistigen und politischen Mentor. Dieser war längst verstorben, aber der Ministerpräsident ließ es sich nicht nehmen, seiner Mutter an jedem Hochzeitstag einen Blumenstrauß schicken zu lassen und sie anzurufen. Vielleicht dachte er, Männer müssten so sein wie sein Stiefvater. Vielleicht konnte er auch gar nicht anders werden. Vielleicht ersparte ihm die Identifikation mit dem Stiefvater eigenes Denken, Fühlen und vor allem Leiden. Vielleicht gab es nur die Flucht nach vorn, wenn in einem sonst nichts war, was einem Halt gegeben hätte und worauf man sich hätte zurückziehen können.

V.

Seit Danial elf oder zwölf Jahre alt war, musste er, wie seine Brüder auch, Aufträge für den Vater erledigen. Insbesondere transportierten sie größere Mengen an Waffen in einem der Pick-ups oder Kleinlaster des Vaters zu versprengt operierenden Talibangruppen oder anderen Kämpfern. Einmal sah Danial bei einer der Gruppen, zu der sie Waffen transportierten, auch das schwarze Banner des Islamischen Staates auf einem der Jeeps. Schon etwas abgeblättert, aber noch deutlich zu erkennen. Sie lieferten Kalaschnikows, aber auch viele deutsche und amerikanische Gewehre, Pistolen und Handgranaten, die der Vater und seine Männer nach einem ihrer Ausflüge im Hubschrauber mitgebracht hatten. Von den Taliban bekamen sie dicke Bündel von Bargeld, vor allem amerikanische Dollar, die sie dann wieder ihrem Vater übergeben mussten. Manchmal mussten sie auch von einem der Orte in der Umgebung große, eng verschnürte Pakete mit Schlafmohn holen, die der Vater dann auf seinen nächsten Hubschrauberflug mitnahm und die später zu Heroin verarbeitet wurden.

Danial hatte deswegen kein schlechtes Gewissen. Wie sollte er auch. Er war fast noch ein Kind, und kannte es nicht anders. Krieg, Gewalt und Drogen waren allgegenwärtig, und was ihm viel später, von Deutschland aus, zunehmend als unnormal erscheinen sollte, war hier, in Afghanistan, völlig normaler Alltag.

Jede dieser Fahrten war jedoch mit einem hohen Risiko verbunden. Einer von Danials älteren Brüdern oder einer der Kämpfer steuerte das Fahrzeug, während er, manchmal alleine, meistens zusammen mit einem weiteren Bruder oder Kämpfer, mit Gewehr und Handgranaten bewaffnet auf dem Rücksitz oder auf der Pritsche saß, um die wertvolle Fracht im Falle eines Angriffs zu verteidigen. So fuhren sie durch die finsteren, bitterkalten Nächte, auf unbefestigten Wegen, manchmal bis in die schneebedeckten, baumlosen Höhen des Hindukusch hinauf, oft am Rande des Abgrunds, und immer mit ausgeschaltetem Licht, um nicht entdeckt zu werden. Jede Landschaft, die sie durchqueren mussten, hatte ihre besonderen Gefahren und Schwierigkeiten.

Weiter unten, an den Ausläufern des Gebirges, war die Gegend teils dicht bewaldet. Das hatte den Vorteil, dass sie dort auch schwerer von oben, durch Aufklärungsflugzeuge oder Drohnen der Amerikaner, entdeckt werden konnten. Aber sie konnten jederzeit in einen Hinterhalt geraten. In mondlosen Nächten war es stockduster, und sie waren mit ihren Fahrzeugen meilenweit zu hören. Der General hatte von den Amerikanern Nachtsichtgeräte bekommen, die Danial und die anderen bei solchen Fahrten aufsetzten, aber auch durch das verschimmerte Grün konnten sie immer nur einen kleinen Ausschnitt der Gegend um sich herum erkennen.

Bei der Fahrt über eine der riesigen, freien Steppen, auf denen sich nur vereinzelt kaum meterhohe Sträucher befanden, die von oben wie kleine schwarze Häufchen aussahen, war dies ganz anders. Hier konnten sie ihre Umgebung auch nachts weit überblicken, waren aber gerade aus der Luft auch leicht zu entdecken. Sie waren daher angewiesen, solche freien Flächen mit höchstmöglicher Geschwindigkeit zu überqueren und rasten so über die Steppe, dass jeder Zusammenprall mit einem Gesteinsbrocken für alle tödlich gewesen wäre.

Oft übergaben sie ihre wertvolle Fracht an Männer, die sie dann mit Pferden oder Maultieren weiter zu Verstecken in dem weitverzweigten Höhlensystem des Gebirges an Orte brachten, die mit Fahrzeugen unerreichbar waren. Danial wusste nicht, wovor er mehr Angst hatte. Davor, angegriffen zu werden, von ausländischen Soldaten oder einheimischen Räubern, oder davor, in eine der tiefen Felsschluchten zu stürzen. Aber er hatte Glück. Ihm selbst passierte nie etwas. Bei einer Botenfahrt von zweien seiner Brüder jedoch kam es zu einem Feuergefecht mit einer nächtlichen Patrouille amerikanischer Marineinfanteristen, keiner der Brüder überlebte. Der Vater erfuhr es, Tage später, über einen seiner Kontakte. Er schien allerdings nicht sehr erschüttert oder traurig über den Tod seiner Söhne zu sein. Danials Mutter trauerte mit den Müttern der anderen Söhne. Sein Vater aber beklagte sich über den Verlust der wertvollen Waffenlieferung, des PKWs und zweier seiner Mitarbeiter. Das schockierte Danial fast noch mehr als der Tod der Brüder, und er begann, seinen Vater zunehmend in Frage zu stellen. Langsam entwickelte er den Verstand und die Kraft, zu sehen, was er für seinen Vater war. Ein willfähriger, sich aufopfernder, billiger Diener. Gemocht oder gar geliebt hatte er den Vater noch nie, aber er hatte ihn zumindest respektiert. Zum Teil aus Angst, zum Teil weil ihm überall vermittelt worden war, dass man seinen Vater zu respektieren hat. Auch seine Mutter hatte ihm das von frühester Kindheit an eingeimpft, und nie verlor sie in Danials Anwesenheit ein schlechtes Wort über ihren Ehemann.

Auch dieser Respekt nahm nun ab. Alles, was irgendwann blieb, war die Angst vor dem Vater – und die Angst um die Mutter. Wenn Danial nicht tat, was der Vater ihm auftrug, dann würde seine Mutter darunter zu leiden haben. Und seine Mutter liebte Danial über alles.

Es war nahezu unmöglich, gegen den Vater zu rebellieren. Es konnte tödlich sein. Danial wusste das, obwohl der Vater bislang noch keinen seiner Söhne getötet hatte. Allen war das bewusst, und Danial hielt es wie seine größeren Brüder, die gar nicht erst versuchten, gegen den Vater zu rebellieren. Bis die Situation eskalierte.

VI.

Er wollte Macht, und er lernte schnell, sie als »Gestaltungsmöglichkeiten« und Ausdruck einer demokratischen Verpflichtung zu bezeichnen, der sich jeder zu stellen hatte. Also studierte er Jura. Allerdings mit sehr mäßigem Erfolg, den er anderen und sich selbst gegenüber mit seinem umfangreichen politischen Engagement begründete.

Er trat in eine konservative Studentenverbindung, den Studentenrat und die Jugendorganisation der seit vielen Jahren regierenden konservativen Partei ein und versuchte, dort mit allen Mitteln voranzukommen. Voran ging es am schnellsten auf den etablierten Wegen. Vielleicht fiel es ihm auch am leichtesten, die konservativen Inhalte zu vertreten. Gedanklich musste wenig Neues entwickelt oder erarbeitet werden, die argumentative Arbeit bestand vor allem darin, linke oder grüne Reformvorschläge zu parieren. Vielleicht sehnte er sich auch nach einer konservativen Welt mit verbindlichen Werten, einer Welt, die er selbst nie hatte kennenlernen dürfen, und vielleicht sehnte er sich nach Anerkennung um jeden Preis, weil er nie Liebe erfahren durfte. Er war jünger als die meisten anderen männlichen Mitstudierenden, da er es mit einem ärztlichen Attest geschafft hatte, den zu seiner Zeit noch einjährigen Militär- oder Zivildienst zu umgehen. Er war kein schlechter Redner, und sein nicht von Zweifeln geplagtes Wesen und Argumentieren kam gerade in bierseliger Stimmung gut an.

Sein wohl größtes Talent bestand darin, Mehrheiten zum eigenen Vorteil zu nutzen. Er nahm sich viel Zeit für Gespräche und für die zahlreichen Parteiveranstaltungen. So kannte er bald alle wichtigen Leute in der Partei und konnte diese einschätzen. Wenn dann die Wahlen in Gremien wie den Parteivorstand anstand, wusste er genau, was die Mehrheit der anderen hören wollten, und vertrat dies als eigene Überzeugung. So machte er schnell Karriere in der Partei. Seinen Doktor der Rechtswissenschaften machte er in Ungarn, da er an deutschen Universitäten aufgrund seiner schlechten Examensergebnisse nicht zur Promotion zugelassen war.

VII.

Der General verlangte, dass Danial einen Menschen tötete. Danial hatte wie all seine Brüder schon Ziegen, Kühe, Hunde und Schafe erschießen oder mit dem Messer töten müssen, um sich daran zu gewöhnen. An das Töten. Um sich die weibisch-kindlichen Hemmungen abzutrainieren, um sich zu gewöhnen an die wohl außergewöhnlichste aller Taten. Das Töten anderer Menschen.

Der General hatte das in einer Versammlung am Platz um die alte Eiche verkündet. Diese stand etwa in der Mitte des riesigen Grundstücks in einer leichten Senke. Um die Eiche herum spross ein wenig Gras, was den Platz in der ansonsten öden, sandig-steinigen Gegend fast wie eine Oase wirken ließ. Neben der Eiche stand ein hölzernes Podest. Von hier aus sprach der General in regelmäßigen Abständen zu seinen Kämpfern und seinen Söhnen. Frauen und Mädchen durften nicht teilnehmen. Von hier aus verteilte er Lob und Kritik und er machte sich die Tatsache zu Nutze, dass beides nicht nur ungleich stärker wirkte, wenn er es öffentlich äußerte. Es spaltete auch die Zuhörer, seine Angestellten, Kämpfer und Kinder, und stärkte so seine absolute Macht.

An diesem Tag begann der General, der kleiner und deutlich fülliger als alle seiner Kämpfer war, seine Rede in leisem, fast flüsterndem Ton, so dass sich die Zuhörer genau auf seine

Worte konzentrieren mussten. Er trug nicht, wie sonst, seinen typischen afghanischen grauen Umhang und einen aus purpurrotem Stoff gebundenen Turban, sondern einen olivgrünen, gefleckten Tarnanzug, der offenbar aus deutschen Beständen stammte, bei dem aber die kleine Deutschlandfahne am Oberarm entfernt worden war. Der General trug keinerlei Rangabzeichen, wie um zu zeigen, dass er über jedem Rang stand. Zwei seiner Leibwächter standen links und rechts hinter ihm, alle anderen hatten sich in einem großen Halbkreis versammelt und lauschten andächtig den Worten des Generals, der sich einige Male mit der Hand durch seinen langen, grauen Bart fuhr, bevor er anfing zu sprechen.

Er berichtete vom Stammesältesten eines Ortes in der Nachbarschaft, mit dem er seit Jahren Geschäfte machte. Er hätte herausgefunden, dass dieser ihn mehrfach betrogen hatte. Und als er ihn darauf angesprochen hätte, habe dieser ihm gedroht, seine Geschäfte an die Amerikaner zu verraten.

Die Stimme von Danials Vater wurde langsam lauter. Nicht nur ihr gemeinsamer Wohlstand sei gefährdet. Er könne nicht mehr für ihre Sicherheit und letztlich ihr Leben garantieren, wenn man diesem Stammesoberen und den Seinen keinen Einhalt gebiete. Die anderen würden sie Stück für Stück ausnehmen und dann den Amerikanern zum Fraß vorwerfen. Die Zuschauer blieben stumm, einige sahen sich betreten, fast ängstlich, an. Da wurde der General noch lauter im Ton. »Fressen oder gefressen werden! Wir müssen uns zur Wehr setzen! Allah ist auf der Seite der Mutigen, nicht der Ängstlichen.«

Der General schrie nun fast. »Wir müssen diesem Sohn einer räudigen Hündin eine Lehre erteilen, ein für allemal. Er muss es merken, spüren, es muss ihm in alle Gebeine fahren, dass wir nicht schwach und wehrlos sind, und dass es gefährlich ist, sich mit uns anzulegen!« Die Männer grölten nun vor Begeisterung, und einige schossen mit ihren Kalaschnikows in die Luft. Danials Vater fuhr fort: »Die zweite Regel unseres Pashtunwali, dem eisernen Gesetz unseres stolzen Volkes der Pashtunen, geschrieben mit dem Blut unserer Väter und Vorväter, lautet: Nehmt Rache für Böses, das Euch angetan wurde. Und das werden wir tun! Wir werden blutige Rache nehmen. Alle müssen wissen, dass man sich mit uns nicht anlegt. Alle müssen wissen, dass man uns nicht ausnehmen kann. Alle müssen wissen, dass wir lieber sterben, als unsere Freiheit aufzugeben!«

Die Menge skandierte »Freiheit oder Tod, Freiheit oder Tod, Freiheit oder Tod«, und alle, die eine Waffe hatten, schossen damit in die Luft. Es wirkte nun so, als hätte der General alle Mühe, seine Leute wieder zu beruhigen. »Und daher ...« Alle waren nun gespannt, was ihr Anführer verkünden würde, es wurde von einem Moment auf den anderen still. Auch Danials Vater sprach wieder ganz leise und emotionslos, wie zum Beginn seiner Rede. »... muss sein jüngster Sohn Nuri sterben.«

Wie auf Kommando jubelte und grölte die Menge wieder los, die letzten Patronen in den Gewehren wurden in die Luft geschossen, und dic Männer reckten ihre Fäuste mit der Waffe in der Hand immer wieder gen Himmel. Wieder ließ der General seine Leute wie widerwillig einige Zeit gewähren, dann hob er die Hand. Blitzartig trat Ruhe ein. »Und Nuri wird sterben ... durch die Hand meines jüngsten Sohnes. Durch Danial!« Der General zeigte auf Danial, der sich wie stets in der ersten Zuhörerreihe hatte aufstellen müssen und nun vor Schreck fast in die Knie sackte. Er konnte sich gerade noch wieder fangen und versuchte, in das Geschrei der Kämpfer einzustimmen: »Allahu Akbar! Allahu Akbar! Allahu Akbar!«

VIII.

Nach dem Studium bekam er seine Zulassung als Rechtsanwalt. Das war eher *pro forma*, denn nach wenigen Monaten wurde er erstmals in den Landtag gewählt und verdiente von nun an als Politiker sein Geld. Bei einigen Frauen kam er gut an. Frauen, die darüber klagten, dass Männer oft nicht wussten, was sie wollten. Er war das Gegenteil. Er wusste genau, was er wollte, und nahm es sich: eine hübsche Verkäuferin, die er auf einer Parteiveranstaltung kennengelernt hatte, verliebte sich in ihn, sie zogen zusammen, und sie wurde schwanger. Noch während der Schwangerschaft lernte er jedoch bei einer Führung durch den Landtag eine weniger hübsche Unternehmensberaterin aus einem alten deutschen Adelsgeschlecht kennen und trennte sich von seiner schwangeren Lebensgefährtin. Kurz nach der Geburt seiner Tochter, zu der er kaum Kontakt haben würde, heiratete er die Unternehmensberaterin, die ihren Beruf aufgab und im Abstand von wenigen Jahren vier Kinder bekam, während er weiter Karriere in der Politik machte.

Diese Politik war für ihn reiner Machtkampf. Er hielt sich an die Regeln dieses Kampfes und kämpfte nicht mit unerlaubten Mitteln. Er war einfach nur besser als die anderen. Persönliche Freundschaften gab es in der Politik nicht, das war die oberste Regel. Anderen dennoch das Gefühl geben zu können, persönlich verbindlich zu sein, war die Grundvoraussetzung dafür, diese Regel zum eigenen Vorteil nutzen zu können. Er hatte ein genaues Gespür für den Zeitpunkt, an dem er seine Meinung zu bestimmten Themen anpassen oder ändern musste.

So war es auch mit dem Asylthema, das ihn letztlich vom Minister zum Ministerpräsidenten machte. Vor Jahren noch vertrat er zusammen mit vielen Altvorderen seiner Partei die Meinung, dass man die Flüchtlinge gut als billige Arbeitskräfte und dafür brauchen konnte, der eigenen Politik ein christlich-soziales Antlitz zu verleihen.

Als einer der ersten erkannte er nun, dass der politische Gewinn noch viel größer wäre, wenn man die Flüchtlinge nutzte, um seine Partei als Garant für Sicherheit und Ordnung zu etablieren. So wurde er, den wenige in der Partei mochten, von dem sich viele aber einen eigenen Vorteil versprachen, schließlich zum Ministerpräsidenten.

IX.

Vielleicht wollten die anderen das nicht sehen, vielleicht konnten sie es nicht sehen, vielleicht war es auch eine Art Handel: Der General bekam immer mehr Macht, die anderen konnten dafür Verantwortung und moralische Verpflichtungen abgeben. Das aber funktionierte nur über Täuschung, und Danial ließ sich nicht täuschen. Er wusste genau, dass sein Vater den anderen Stammesältesten immer wieder über den Tisch zog, und noch bessere Konditionen für sich herausschlagen wollte. Amar hatte es ihm erzählt, und das war absolut glaubhaft. Danial sollte töten, weil sein Vater es ihm befahl. Und sein Vater befahl es, um seine eigene Macht zu vergrößern, und um noch mehr Geld zu verdienen. Danial sollte töten ohne Wut und Hass, ohne Notwehr. Das hätte es leichter gemacht. Aber Danial konnte den Sohn des Stammesältesten nicht hassen. Er kannte ihn gar nicht. Aber er kannte seinen Vater, und hasste diesen von Tag zu Tag mehr. Der Vater missbrauchte die Macht, die er über ihn hatte, so wie jeder Vater Macht über seinen Sohn hat. Vielleicht war Macht immer zumindest auch Missbrauch, wenn sie nicht dafür genutzt wurde, dem anderen aus seiner Ohnmacht zu helfen. Bei Danials Vater jedenfalls waren Macht und Missbrauch, Missbrauch und Macht eins, und Danial wusste nicht, wie er sich dagegen wehren sollte, dass der General immer stärker, und er immer schwächer wurde. Sein Vater tat dabei so, als ginge es ihm nicht um seine Interessen, um sich selbst, sondern nur um die anderen. Um die Großfamilie, um seine Angestellten, um sein kleines Dorf. Diese Lüge war für Danial fast schlimmer als der Missbrauch selbst.

Der General rief Danial nach der Versammlung zu sich. Immer, wenn er unter vier Augen mit ihm sprach, hatte Danial das Gefühl, dass der Vater das nur widerwillig und so tat, als würde er nicht direkt mit ihm, Danial, sondern mit einer imaginären dritten Person sprechen. Der General legte ihm eine Hand auf die Schulter. »Sohn, du wirst nun bald zum Mann! Auf dir ruhen nun unsere Hoffnungen. Ich vertraue dir, denn ich habe dich für diese ehrenvolle und heldenhafte Aufgabe erwählt. Du wirst mich nicht enttäuschen.« Danial nickte ängstlich. »Ich bin nun ein paar Tage unterwegs. Danach werden wir diese Hurensöhne die Strafe Gottes spüren lassen! Allahu Akbar!« Danial war erleichtert, dass er offenbar noch etwas Zeit gewonnen hatte: »Allahu Akbar«.

Er erzählte alles sofort seiner Mutter, nachdem sein Vater mit einigen Kämpfern den Hubschrauber bestiegen hatte und weggeflogen war. Er war sich nicht darüber im Klaren, welche Reaktion er von seiner Mutter eigentlich erwartet hatte, aber diese Reaktion überraschte ihn. Seine Mutter ließ Danial ausreden, und nickte traurig. Als hätte sie das alles geahnt, und als hätte sie schon vor längerer Zeit erkannt und entschieden, was nun geschehen müsste. Sie sah, dass ihr Sohn gebrochen werden sollte, und sie sah, dass ihm durch die dann drohende Blutrache des anderen Stammes ein Leben in Angst und permanenter Todesgefahr drohen würde. Und sie wusste, dass sie ihn nur retten konnte, indem sie ihn freigab und wegschickte. Ihn, der ihr Ein und Alles war, und den sie mehr liebte als ihr eigenes Leben. Es gab keinen anderen Ausweg. Er musste fliehen, und sie musste hierbleiben. Als Frau ohne Mann hätte sie in Afghanistan kaum eine Überlebenschance.

Sie hatte einen Großonkel in Kabul, dem sie vertraute, und von dem ihr Mann nichts wusste. Zu ihm sollte Danial.

Noch in der Nacht holte ein Mitarbeiter des Onkels Danial in der Nähe des Camps ab und fuhr ihn nach Kabul, und als sich Danial und seine Mutter das letzte Mal umarmten, ahnten beide, dass sie sich nie mehr wiedersehen würden.

Danial schlief im Haus des Onkels und seiner Frau in einem Zimmer zusammen mit dessen drei Kindern, die jünger waren als er. In den ersten Wochen war er durch die Trennung von seiner Mutter und die Angst vor einer ungewissen Zukunft traumatisiert und kaum in der Lage, ein Wort zu sagen. Er taute erst wieder etwas auf, als ihn der Onkel in seiner Autowerkstatt und dem kleinen Obstladen, den er betrieb, mitarbeiten ließ. Mit zunehmender Zeit wurde auch Danials Angst geringer, der Vater könnte ihn hier aufspüren, und er fand wieder etwas inneren Halt und Freude an seiner Tätigkeit.

Aber auch das sollte nicht von langer Dauer sein. Die wirtschaftliche Situation in Kabul wurde immer schlechter. Immer mehr Flüchtlinge wurden aus Pakistan, dem Iran und anderen Ländern zurückgeschickt. Sie landeten alle in der Millionenstadt Kabul. Gewalt und Terror nahmen zu, täglich gab es Attentate mit Dutzenden von Toten. Die öffentliche Verwaltung war durch Korruption verseucht, und keiner wusste, welcher der Führer von Stadt und Land tatsächlich mit den Taliban kollaborierte. Danials Onkel sah keine Möglichkeit, ihn weiter zu beschäftigen.

Nach einiger Zeit bot ein Bekannter des Onkels Danial an, dass er in seinem Restaurant als Kellner und Küchenhilfe mitarbeiten konnte. Wohnen durfte er in einem winzigen Nebenraum des Lokals. Dankbar nahm Danial das Angebot an, doch er sollte das schon bald bereuen. In diesem Restaurant fanden regelmäßig große Feste lokaler Würdenträger und mächtiger Stammesvertreter statt, die sich zur Erledigung von Geschäften ein paar Tage in Kabul aufhielten. Danial und ein anderer Küchenjunge mussten sich bei diesen Festen als Frauen verkleiden und für die hohen Gäste tanzen.

Verzweifelt wandte sich Danial wieder an seinen Onkel, der versprach, mit Danials Mutter Kontakt aufzunehmen. Bis dahin blieb Danial nichts anderes übrig, als weiter das zu tun, was der Restaurantbesitzer und dessen Gäste von ihm verlangten.

Er wusste nicht, wo und wie er sonst leben sollte. Da schlug das Schicksal zu.

Als Danial gerade im Auftrag seines Chefs auf dem Markt war, um Lebensmittel zu besorgen, ging vor dem Restaurant, in dem immer wieder auch Amerikaner und andere Ausländer verkehrten, eine Bombe hoch. Das gesamte Gebäude, in dessen Erdgeschoss sich das Lokal befand, wurde in einen großen Haufen aus Schutt und Asche verwandelt, unter dem der Besitzer des Restaurants und der andere Küchenjunge begraben wurden.

Nun gab es keine andere Möglichkeit mehr. Danial, der gerade siebzehn Jahre alt war, musste Afghanistan verlassen. Es gab kaum Arbeitsmöglichkeiten in Kabul, und es war für Danial viel zu riskant, sich bei Unbekannten zu bewerben. Die Gefahr war zu groß, dass ihn jemand an seinen Vater verraten und verkaufen könnte.

Die Flucht kostete zehntausend Dollar. Ziel war Deutschland. Ein Cousin von Danial war dorthin vor etwa zehn Jahren geflohen und hatte ohne Probleme Asyl bekommen. Sein Onkel trieb das Geld irgendwie auf, weil Danials Mutter schwor, es ihm zurückzuzahlen. Fünftausend musste der Onkel anzahlen, der Rest war stückchenweise fällig. Tausend Dollar, wenn Danial die Türkei erreicht hatte, weitere tausend, wenn er in Bulgarien ankam. So ging es abschnittweise vorwärts, bis Danial schließlich in Deutschland angekommen war. Dann wurde der Restbetrag fällig. In jedem Land, das er durchquerte, gab es einen, der für seine Durchreise zuständig war und der seine Übergabe an den Zuständigen des nächsten Landes organisierte. Die Flucht verlief nur über Land. Zu Fuß, in Bussen versteckt, teils in Gruppen, teils allein. Danial wusste nicht einmal genau, welche Länder er gerade durchquerte.

X.

Das letzte Stück versteckte er sich bei einem Lastwagenfahrer, der hinter seiner Koje im Fahrerhaus ein winziges Versteck eingerichtet hatte, in das Danial gerade so hineinpasste. Kurz hinter der Grenze ließ ihn der Lastwagenfahrer auf einem Autobahnrastplatz aussteigen. Dort blieb er allein zurück. Bei sich trug er nur eine Sporttasche mit den notwendigsten Kleidungsstücken, einige Dollar und einen Zettel, den er den nächsten Polizisten, die er antraf, geben sollte. Darauf stand geschrieben: »Ich will Asyl.«

XI.

Die Umfragewerte waren nicht schlecht, aber die absolute Mehrheit bei der nächsten Wahl war noch lange nicht in trockenen Tüchern. Das Feuilleton und die wenigen Intellektuellen, die sich öffentlich äußerten, waren gegen seine Flüchtlingspolitik. Diese Gutmenschen, die sich hinter ihren Schreibtischen und Büchern verschanzten und doch nur das sagten und schrieben, was ihre Klientel hören und lesen wollte, hatten vom wirklichen Leben doch keine Ahnung. Das wirkliche Leben waren die Menschen. Die Bürger. Die Wähler. Das Volk. Die Emotionen des Volkes.

Gerade hatte er eine Wahlkampfrede gehalten. Vor über tausend Menschen. Vor Frauen, Männern, Älteren, Jugendlichen. Er hatte mehrere Themen angesprochen. Rente, Kampf gegen Arbeitslosigkeit, Steuern. Ab und zu erntete er höflichen Applaus, mehr nicht. Einige Zuschauer wendeten sich fast demonstrativ ihrem Bier zu und unterhielten sich untereinander. Da ließ er den Teil über das Baukindergeld aus, der auf seinem Redemanuskript eigentlich noch vorgesehen war, und steuerte direkt auf den geplanten Höhepunkt seiner Rede zu: Die Flüchtlinge. Die Krise. Das Staatsversagen. Als Einstieg in die Thematik wählte er aber einen aufsehenerregenden Mord, den ein Flüchtling vor einiger Zeit an einem jungen Mädchen begangen hatte. »Liebe Freundinnen und Freunde. Wir haben alle von dem grausamen Mord an der vierzehnjährigen Sandra gehört.«

Nun war keiner der Zuschauer mehr mit seinem Bier beschäftigt. Mit einem Moment trat eine für das riesige Festzelt fast unwirkliche Stille ein. Selbst die Kellnerinnen und Kellner verharrten für einige Sekunden und blickten hinauf auf die Bühne. Dort stand er an einem Rednerpult, das dem Staatswappen nachempfunden war, mit goldenen Löwen links und rechts, die es zu halten schienen und ihre spitzen, roten Zungen in Richtung des Ministerpräsidenten streckten.

Demonstrativ langsam, als müsste er seine Wut mühsam beherrschen, nahm er einen Schluck alkoholfreies Bier, bevor er, mit einer scheinbaren Mischung aus Trauer und unterdrückter Wut, fortfuhr: »Ermordet von einem Afghanen, von jemandem, der unseren Schutz, unsere Hilfe suchte, von jemandem, der von uns, von unseren Steuergeldern Unterkunft, Essen und ein rechtsstaatliches Verfahren bekommen hat, von dem er in Afghanistan nur träumen könnte. Von jemandem, der uns über sein Alter angelogen hat.« Er machte eine kurze Pause und sah einigen Zuschauern in den ersten Reihen in die Augen. »Nicht alle Flüchtlinge sind Verbrecher, meine sehr verehrten Damen und Herren!« Zustimmendes Nicken. »Aber …« Mit lauter werdender, aber fester, staatsmännischer Stimme schlug er mit seiner rechten Faust auf das Pult »… wir können nicht die halbe Menschheit hier aufnehmen und die Probleme der ganzen Welt lösen! Und bei uns, liebe Freundinnen und Freunde, sind Frauen und Männer gleichberechtigt. Wer hier herkommt, muss sich an unsere Regeln halten. Wir dulden keine Gewalt, und wir dulden keine Unterdrückung der Frau!«

Die Menge tobte, und als er später, umringt von seinen Leibwächtern, durch die Reihen der Zuschauer ging, die alle von ihren Sitzbänken aufgesprungen waren und ihn wie einen Popstar bedrängten, um einen Händedruck oder gar ein gemeinsames Selfie zu ergattern, und das Festzelt unter tosendem

Applaus verließ, da wusste er: Er konnte gar nicht falsch liegen. Erfolg konnte einfach nichts Schlechtes sein. Sein Erfolg war die Anerkennung, die Zustimmung, ja, die Bewunderung durch andere. Nur mit diesem Rückenwind fühlte er sich lebendig. Und mit dem Gegenwind der Gutmenschen. Es fühlte sich so richtig, so gut, so warm und berauschend an, und als er in seiner Limousine wieder in die Staatskanzlei chauffiert wurde, und die Dutzende von Glückwünschen auf seinem Smartphone überflog, da wusste er, was er als Nächstes zu tun hatte.

Flieger mussten her. Noch vor der Wahl. Die Bilder von abgeschobenen Asylanten in den Abendnachrichten würden ihm und seiner Partei die absolute Mehrheit sichern. Am liebsten wären ihm tiefschwarze Menschen gewesen, aber die Rücknahmeverhandlungen mit den afrikanischen Ländern dauerten noch an. In Betracht kamen daher fast nur Flüge nach Afghanistan. Dem Land wurde regelmäßig viel Geld dafür bezahlt, dass es seine Bürger auch ohne Pass, den die große Mehrheit aller Asylbewerber nicht mehr hatte, wieder zurücknahm. Eine besonders starke Wirkung auf die Wähler würde die öffentliche Ankündigung sein, nur Straftäter und Menschen abzuschieben, die hartnäckig über ihre Identität täuschten. Dagegen konnten auch die naiven Gutmenschen kaum etwas sagen. Den Mörder der jungen Sandra konnte man natürlich nicht abschieben, der musste in Deutschland seine gerechte Strafe verbüßen, aber Straftäter gab es genügend unter den Afghanen, um zumindest ein oder zwei Flieger mit Abschiebungen öffentlichkeitswirksam in Szene setzen zu können. Manche nahmen Drogen, andere fuhren wiederholt schwarz. Immer wieder kam es zudem in den Heimen der Asylbewerber zu Auseinandersetzungen der Asylbewerber untereinander, die meistens glimpflich endeten, aber eine Körperverletzung oder ähnliches sprang immer dabei heraus. Und wer könnte ernsthaft dagegen sein, Gewalttäter abzuschieben?

XII.

Danial kam für ein paar Monate in eine Erstaufnahmeeinrichtung, dann wurde er in ein ehemaliges Seniorenheim verlegt, das nun als Asylbewerberunterkunft fungierte. Er teilte sich sein Zimmer mit drei anderen jungen Männern, mit denen er sich gut verstand. Die Verhältnisse in dem Heim waren sehr beengt, die Dusche befand sich auf dem Gang, aber Danial war viel schlimmeres gewohnt und begann, sich wohlzufühlen.

Dieses Heim sollte für die nächsten vier Jahre sein Zuhause sein. Danial lernte sehr schnell. Schon nach wenigen Monaten sprach er gut Deutsch. Er war musikalisch hochbegabt, und fand schnell eine Band, bei der er als Gitarrist und Sänger einsteigen konnte. Mit dieser Band absolvierte er mehrere Konzerte in der Woche, in Bars und Kneipen oder auf Freiluftfestivals. Über die Kontakte, die er dort knüpfte, fand er eine Stelle als Angestellter in einem Fachgeschäft für Musikinstrumente. Der Chef bot ihm viel schneller als üblich einen unbefristeten Arbeitsvertrag, eine finanzielle Höherstufung und das »Du« an.

Mit seiner Mutter telefonierte Danial inzwischen regelmäßig. Er konnte sie nicht anrufen, da ihr Mann, der General, auf keinen Fall etwas mitbekommen durfte. Aber sie konnte Danial anrufen, wenn ihr Mann auf einer seiner Reisen war. Nach Danials Flucht ließ sein Vater seine Mutter von seinen Bodyguards erst einsperren. Dem General war klar, dass sie Danial zur Flucht verholfen hatte, und dass sie wusste, wo er war. Und das wollte er von ihr wissen. Er musste herausfinden, wo Danial war, damit er ihn finden und bestrafen könnte. Auch zur blutigen Warnung für alle anderen, die sehen mussten, dass man den General niemals enttäuschen durfte. Danials Mutter bekam tagelang nichts zu essen, dann begannen die Wärter mit Schlägen, schließlich rissen sie ihr zwei Fingernägel aus. Danials Mutter aber schwieg, und der General sah ein, dass sie eher sterben würde, als ihren Sohn zu verraten. Auch der größtmögliche Schmerz würde sie nicht zum Reden bringen.

Da entschied Danials Vater, dass sie erst wieder aus dem Gefängnis entlassen werden würde, wenn sie ihm Ersatz für Danial lieferte. Als sie nach einigen Monaten schwanger wurde, durfte sie die winzige, stinkende Zelle verlassen und wieder zusammen mit den anderen Frauen des Generals in dem großen Haus leben. Ein Leben, das ihr nach dem, was sie hatte durchmachen müssen, wie ein Leben in Freiheit vorkam.

Mit Amar hielt er Kontakt über Facebook. Noch in ihrer gemeinsamen Zeit in Afghanistan hatten sie sich dort mit falschen Namen angemeldet in der Hoffnung, so Kontakt zu westlichen Frauen aufbauen zu können. Amar berichtete ihm, dass er immer größere Probleme mit dem General hatte. Amars letzte Nachricht an Danial war, dass er sich nun anderen Kämpfern anschließen müsse, um sein Leben zu retten. Von da an hörte Danial nichts mehr von Amar, der auch nicht mehr auf seine Nachrichten und Fragen reagierte.

Dann kamen die Interviews. Zwei Jahre nach seiner Ankunft und Registrierung wurde er vom Bundesamt für Migration und Flüchtlinge vorgeladen. Dort wurde er zweimal einer stundenlangen Befragung unterzogen. Er konnte schon fließend Deutsch, dennoch wurde ihm ein Dolmetscher zur Seite gestellt, der, wie Danial schnell merkte, schlechter Deutsch sprach als er selbst. Behandelt wurde er in den Interviews wie ein Verbrecher. Der Interviewer sagte ihm offen ins Gesicht, dass die Geschichte mit Danials Vater wohl aus irgendeinem Roman stamme, und dass er nie und nimmer erst siebzehn gewesen sein konnte, als er nach Deutschland kam. Einige Monate später dann kam der gelbe Umschlag, und Danial ahnte schon, was er enthielt. Sein Asylantrag wurde abgelehnt. Danial hatte einen Monat Zeit, Deutschland freiwillig zu verlassen, danach würde er mit Zwang abgeschoben werden.

Vielleicht hätte Danial das noch akzeptiert, obwohl er panische Angst davor hatte, nach Afghanistan zurückzumüssen. Aber die Begründung, die konnte er nicht glauben, und nicht akzeptieren. Er hatte das Gefühl, noch nie so falsch und ungerecht behandelt worden zu sein, jedenfalls seit sein Vater versucht hatte, ihn in einen Mord zu treiben. Danials Geschichte sei erlogen, stand da. Er hätte sich in Afghanistan jederzeit vertrauensvoll an die Behörden und die Polizei wenden können, wenn er tatsächlich vor seinem Vater Angst gehabt hätte. Zwar gebe es in Afghanistan zweifellos große Probleme und viel Gewalt, aber die Gefahr, Opfer dieser Gewalt zu werden, sei statistisch nicht hoch genug. Danial habe als junger und gesunder Mann gerade in Kabul ausreichend Möglichkeiten, sich mit Arbeit ein menschenwürdiges Existenzminimum zu erarbeiten. Er habe in Deutschland in kürzester Zeit Deutsch gelernt, eine Arbeit gefunden und sich auch sonst gut integriert, dies zeige ja gerade, dass er in der Lage sei, sich auch unter schwierigen Bedingungen etwas aufzubauen.

Diese Begründung warf Danial völlig aus der Bahn. Er konnte nicht mehr mit seiner Band auftreten, und seine Arbeitserlaubnis war nun, mit der negativen Asylentscheidung, ohnehin widerrufen worden. Er wusste nicht, wohin mit seinem Schmerz und seiner Verzweiflung, und fing an, sich mit Rasierklingen an den Unterarmen zu ritzen. Er wurde für einige Wochen stationär in eine psychiatrische Abteilung aufgenommen, und einer der Sozialarbeiter, die sich um ihn kümmerten, organisierte einen Termin mit einem Rechtsanwalt, der gegen den Bescheid des Bundesamtes vor dem Verwaltungsgericht Klage erhob. Bis das Gericht über diese Klage entschieden hatte, durfte Danial in Deutschland bleiben.

Die mehr als achtzehn Monate, die es dauerte, bis das Gericht zu einer Entscheidung kam, waren für Danial eine schreckliche Zeit. Diese völlige Ungewissheit, wie es weiterging, dieses Schwanken zwischen Phasen der Hoffnung, wenn es in Afghanistan besonders verheerende Anschläge mit vielen Toten gab und der Rechtsanwalt ihm sagte, der Wind könne sich nun drehen, und den Phasen der Verzweiflung und der völligen Hoffnungslosigkeit, wenn er merkte, dass trotz dieser Zustände in seinem Heimatland weiter Flieger mit Abgeschobenen von Deutschland nach Kabul starteten, machten ihm schwer zu schaffen. Das wenige Taschengeld, das er vom Staat bekam, musste er seinem Rechtsanwalt bezahlen, und so hielt er sich die meiste Zeit in seinem Heim auf. Als das Gericht endlich entschied, dass das Bundesamt die richtige Entscheidung getroffen hatte, schnitt er sich die Pulsadern auf, wurde aber noch rechtzeitig von einem Zimmergenossen gefunden und wieder in die Psychiatrie eingewiesen, die er schon kannte. Nach einigen Wochen ging es ihm wieder etwas besser, so dass er wieder in seine Unterkunft zurückverlegt wurde. Es gab viele, die sich um ihn kümmerten. Sein ehemaliger Chef kam regelmäßig, und auch seine Bandkollegen. Alle mochten ihn und wussten doch nicht recht, wie sie ihm helfen konnten. Als wäre er jemand, der eine unheilbare Krankheit hätte.

XIII.

Sie holten ihn im Morgengrauen. Danial musste seit Monaten Antidepressiva nehmen, und es dauerte einige Zeit, bis sie ihn geweckt hatten. Seine Zimmergenossen saßen zutiefst verängstigt auf ihren Betten, und sahen zu, wie die vier Polizeibeamten Danial anschrien und ihn rüttelten: »Aufwachen! Auf geht's! Es ist so weit.«

Danial richtete sich schlaftrunken auf und sah die Polizisten völlig verständnislos an. So stark die ständige Angst vor der Abschiebung in den letzten Monaten war, so sehr hatte er doch versucht, sie zu verdrängen. Er tat doch alles, was die Deutschen von ihm wollten, und er war doch kein schlechter Mensch. Sie hatten doch gesagt, dass sie nur Verbrecher abschoben. Wer konnte denn ernsthaft wollen, dass er abgeschoben wurde?

Doch Danial war ein solcher Verbrecher – zumindest auf dem Papier. Er war vor einigen Monaten in eine Schlägerei zwischen Afghanen und Pakistanern verwickelt worden. Irgendwie gab es Streit um ein Mädchen, und alle hatten schon etwas getrunken. Danial hatte nicht genau mitbekommen, um was es ging, aber als seine Landsleute mit den Pakistanern aneinandergerieten, konnte er nicht anders als mitzumachen. Er wurde wegen gefährlicher Körperverletzung angeklagt, da er mit anderen zusammen einen Pakistaner durch Schläge ins Gesicht verletzt hatte, und sofort in Untersuchungshaft genommen. Fluchtgefahr. Er war ja Ausländer.

XIV.

Ein paar Monate zuvor. Danial konnte nur sehr langsam gehen. Eher war es ein Tippeln, mit kurzen, schlurfenden Schritten. Er war an Füßen und auch an den Händen gefesselt, und zwar an einen breiten Gurt um seinen Bauch, so dass er sie auch nicht nach vorne strecken konnte, wie man es bei den meisten Gewalttätern mit Fluchtgefahr machte. Er trug blaugraue Häftlingskleidung, und hielt seinen Kopf gesenkt, als er von zwei Polizeibeamten in den Saal geführt wurde. Sie brachten ihn zu dem für die Angeklagten vorgesehenen Platz, nahmen ihm die Hand- und Fußfesselung ab und platzierten sich dann im Gerichtssaal – der Eine im Bereich der Fenster, der Andere im Bereich der Tür.

XV.

Zunächst stellte der Vorsitzende fest, wer alles anwesend war. Obwohl Danial bestens Deutsch verstand, war ihm ein Dolmetscher zur Seite gestellt worden, der ihm flüsternd alles übersetzte, was der Vorsitzende sagte. Der Dolmetscher war ein feiner Herr Anfang sechzig. Er war nicht sehr groß, von sportlicher Figur und trug Anzug mit Krawatte. Sein lockiges Haar, das an den Schläfen immer weniger wurde, wirkte auf der braunen Kopfhaut fast glänzend silbern. Er sprach mit leiser, aber sicherer und freundlicher Stimme, und man musste ihm länger zuhören, um zu merken, dass Deutsch nicht seine Muttersprache war. Er war sehr erfolgreich als Augenarzt tätig, und hatte sich aus sozialem Engagement bei Gericht als Dolmetscher registrieren lassen. Er wollte seinen Landsleuten helfen, die es nicht, wie er selbst, geschafft hatten, in Deutschland einen guten Weg zu finden und Erfolg zu haben. Der Richter fragte ihn nach seinem Namen.

»Mein Name ist Dr. Jabarkil, Herr Vorsitzender.«

»Doktor? Hier in den Akten steht nichts von Doktor. Sie wissen hoffentlich schon, dass hier in Deutschland der Doktor ein akademischer Titel ist? Sie dürfen sich nicht einfach Doktor nennen, auch wenn Sie als Arzt arbeiten. Das ist strafbar!«

Der Dolmetscher nickte freundlich. »Ich weiß, Herr Vorsitzender. Ich habe meinen Doktortitel hier an der Universität in München erworben. Vor etwa dreißig Jahren.«

Der Richter nickte gnädig. »Na gut, dann wollen wir das mal so stehenlassen.«

Der Staatsanwalt war von kleiner, eher zarter Statur. Nachdem alle Anwesenden festgestellt worden waren, erhob er sich mit seiner teuren, samtbesetzten Robe, unter der sein strahlend weißes Hemd hervorglänzte, und trug mit vernichtend strenger Stimme die Anklageschrift vor, wobei er Danial immer wieder direkt ansah. Dieser sackte immer weiter in sich zusammen. Er verstand alles, was der Staatsanwalt sagte, und kannte die Anklageschrift bereits. Dennoch war es für ihn schwer zu ertragen, sie hier nun zu hören, zu hören von einer leibhaftigen Person, und nicht nur zu lesen von einem abstrakten, ihm unbekannten Beamten. Er schämte sich vor all diesen Menschen.

»… schlug der Angeschuldigte dem … mit anderen gemeinsam … massive Verletzungen … traumatisiert … strafbar als gefährliche Körperverletzung …«

Als der Staatsanwalt endlich fertig war und wieder Platz nahm, sah Danial zugleich schuldbewusst und hilfesuchend zur Richterbank auf. Dort saßen, in modernen, bequemen Schreibtischstühlen, fünf Richter. Der Vorsitzende, zwei weitere Berufsrichter und zwei Schöffinnen. Der Vorsitzende war ein Herr um die fünfzig, der bemüht war, sich keinerlei Emotionen anmerken zu lassen. Die Berufsrichter zu seiner linken und rechten Seite mochten beide wohl um die vierzig sein. Der eine schien gelangweilt und starrte die meiste Zeit gedankenverloren auf eine aufgeschlagene Akte vor sich. Der andere wirkte dynamisch, fast übereifrig. Er hing dem Vorsitzenden an den Lippen und schrieb alles, was dieser sagte, wörtlich mit.

Die beiden Schöffinnen saßen links und rechts außen auf der Richterbank. Die eine, eine junge Frau Mitte zwanzig, trug eine armfreie Bluse, die eine durchgehende Tätowierung beider Arme erkennen ließ. Einzelne Motive waren nur bei ganz genauem Hinsehen zu erkennen, aus der Entfernung wirkten die Arme auf Danial vor allem bunt. Dass Frauen über Männer zu Gericht saßen und sie anklagen durften, konnte er nicht verstehen. Vielleicht war das nur bei Ausländern wie ihm der Fall? Die andere Schöffin war eine streng blickende Dame Mitte sechzig, die in ihrem etwas aus der Zeit gefallenen grauen Rollkragenpullover und einer Kette mit klumpigen, verschiedenfarbigen Perlen etwas von einer Schuldirektorin hatte. Ihr blickte Danial nur einmal in die Augen, danach vermied er es. Er konnte sich nicht erklären, warum sie mit dabei war. Vielleicht war sie eine Art Bürgermeisterin, die darüber wachte, dass alles nach Recht und Gesetz vor sich ging? In Deutschland gab es weibliche Bürgermeister, das hatte er schon mitbekommen.

»Sie haben nun die Möglichkeit, zur Anklage Stellung zu nehmen. Möchten sie das?« Der Vorsitzende sah Danial fragend an.

Der blickte zu seinem Pflichtverteidiger, der den Kopf schüttelte. »Nein, Herr Vorsitzender. Der Angeklagte hat mich gebeten, für ihn zu sprechen. Er bestätigt den Sachverhalt so, wie er von der Anklage vorgetragen wurde.«

Der Staatsanwalt konnte sich ein zynisches Lächeln nicht verkneifen, aber der Vorsitzende nickte wohlwollend. »Na, das spricht doch zumindest einmal für Sie! Dann steigen wir mal in die Beweisaufnahme ein. Herr Dolmetscher, Sie übersetzen bitte alles für den Angeklagten.«

XVI.

»Was haben Sie denn so getan, den lieben langen Tag lang? Seit über vier Jahren sind Sie nun in Deutschland, richtig?«

»Ja, das stimmt.«

»Und? Haben Sie gearbeitet, oder was haben Sie getan?«

»Am Anfang ja. Aber dann durfte ich nicht mehr, und habe angefangen mit Alkohol.«

»Was heißt, Sie durften nicht? Das kann ich mir kaum vorstellen, Asylbewerber dürfen doch arbeiten, oder nicht? Schauen Sie mal Ihren Dolmetscher an, sogar Arzt kann man werden hier in Deutschland!«

Dem Dolmetscher war es sichtlich unwohl, so instrumentalisiert zu werden. Er schob sich seine Brille mit Daumen und Zeigefinger seiner rechten Hand etwas fester auf die Nase, rang sich ein freundliches Lächeln für den Richter ab, und sagte nichts.

Danial sah seinen Dolmetscher an, und er sah ihn so an, als käme dieser aus einer anderen Welt, einer Welt, die er, der Angeklagte, niemals betreten würde können. »Am Anfang durfte ich arbeiten. Dann wurde mein Asylantrag abgelehnt, und seitdem habe ich keine Arbeitserlaubnis mehr.«

»Warum das denn?«

»Weil ich keinen Ausweis aus meinem Heimatland vorlegen kann. Aber ich habe keinen, und ich kann auch keinen bekommen. Afghanistan ist nicht mit Deutschland vergleichbar. Dort müsste man viel Geld zahlen, um einen Ausweis zu bekommen, und ich habe kein Geld.«

»Aber Sie haben doch sicher Angehörige in Afghanistan. Vater, Mutter, Geschwister. Die könnten sich doch darum kümmern.«

»Mein Vater will mich töten, und zu meiner Mutter habe ich kaum noch Kontakt.«

»So, so. Na ja. Wann wurde Ihr Asylantrag denn abgelehnt?«

»Vor über zwei Jahren.«

»Vor über zwei Jahren?« Der Richter war fassungslos. »Und warum sind Sie dann immer noch hier?«

»Weil ich Klage vor Gericht erhoben habe. Ich habe große Angst, Todesangst, dass mein Vater …«

Der Richter unterbrach den Dolmetscher, der das, was der Angeklagte gesagt hatte, in Ich-Form weitergab. »Das ist hier jetzt nicht relevant. Sei es wie es sei, Sie sind nun also über vier Jahre in Deutschland, und arbeiten nicht.« Der Vorsitzende sah nach links und nach rechts zu seinen vier Mitrichtern, zwei Hauptberuflichen und zwei Ehrenamtlichen, und alle schüttelten mit einer Mischung aus Verwunderung, Empörung und Tadel den Kopf. »Na ja. Dann ist die Sitzung für heute geschlossen.«

XVII.

Der Verteidiger wies in seinem Plädoyer noch einmal auf die psychischen Probleme Danials und seine Alkoholisierung zur Tatzeit hin, auch wenn beides nach Einschätzung eines in der Hauptverhandlung hinzugezogenen Sachverständigen Danials freie Willensbildung nicht erheblich beeinträchtigt hatte.

In seinem letzten Wort bedankte sich Danial dafür, dass er in Deutschland aufgenommen worden sei.

Verurteilt wurde er schließlich zu einer Freiheitsstrafe von sieben Monaten. In der Urteilsbegründung hielt ihm der Vorsitzende vor, dass er ihm seine Dankbarkeit nicht abnehme. Sonst hätte er sich an die Regeln gehalten, die in Deutschland nun einmal gelten. »Wir sind hier nicht in Afghanistan, Herr Angeklagter!«

Die ausgesprochenen sieben Monate hatte Danial bereits in Untersuchungshaft verbracht, so dass er nach der Urteilsverkündung in Freiheit entlassen wurde. Da ihn die Polizei nun nicht mehr zurück in die Anstalt brachte, in der er seine Untersuchungshaft verbüßt hatte, musste er sich von seinem Verteidiger etwas Geld für den Bus leihen, um zur Anstalt zu fahren und seine Sachen dort abzuholen.

XVIII.

Danial war nun also einer der verurteilten Gewalttäter, die zur Sicherheit der deutschen Bevölkerung abgeschoben wurden.

XIX.

Dort wo er herkam, war Gastfreundschaft das oberste Gebot. Einem Menschen, der in Not war, und der um Hilfe, Unterkunft, Nahrung bat, dem musste man helfen, und den musste man gegen dessen Feinde verteidigen, auch wenn es den eigenen Tod bedeutete. Die Deutschen taten genau das Gegenteil. Warum? Warum nur? Er konnte es nicht verstehen. Es gab doch keinen vernünftigen Grund, ihn abzuschieben, außer dem, dass einige deutsche Politiker ihre Macht erhalten und ausbauen wollten. Dafür brauchten sie ihn und andere Flüchtlinge, und dafür missbrauchten sie sie. Dafür musste Danial gehen, dafür musste er zurück in den Krieg, und deshalb verlor er allen Halt, alle Hoffnung, alle Perspektiven, alles Recht auf ein selbstbestimmtes Leben in Frieden und Freiheit. Danial wusste nicht, wie er sich dagegen wehren sollte. Die Politiker taten dabei so, als ginge es ihnen nicht um ihre Interessen, um sie selbst, sondern nur um das Wohl der anderen. Um das Wohl der Bürger, um das Wohl Deutschlands. Diese Lüge war für Danial fast noch schlimmer als der Missbrauch selbst.

XX.

In Kabul wurde Danial zunächst in einem heruntergekommenen Hotel am Stadtrand untergebracht, das von einer Hilfsorganisation betrieben wurde. Hier durfte er einige Wochen bleiben, musste sich aber in dieser Zeit bemühen, eine Arbeit und eine andere Bleibe zu finden. Er wusste nicht, wie er das tun sollte. Auch nach dieser langen Zeit hatte er noch panische Angst vor seinem Vater und dessen Leuten, und sein Großonkel, der ihm damals in Kabul und zur Flucht verholfen hatte, war schon vor einem Jahr von den Taliban ermordet worden. Seine Mutter hatte längere Zeit nicht mehr angerufen, er wusste nicht, was mit ihr war, und ob sie noch lebte. Da fiel ihm Amar ein. Er schrieb ihm, dass er nun wieder in Kabul sei, und fragte Amar, wo er nun lebte, und ob sie sich treffen könnten. Und tatsächlich, Amar antwortete. So kam Danial zu den Taliban.

XXI.

Die Fahrzeuge kamen immer näher. Es mochten etwa zehn oder zwölf sein. Vorneweg fuhr ein Panzerwagen, dem mehrere Panzer und einige Militärjeeps folgten. Die Kolonne war sehr zügig unterwegs, und preschte durch den Staub wie eine Kobra, zum Angriff bereit. Danial schwitzte, und er zitterte vor Angst und Aufregung. Er konnte in den Fahrzeugen noch keine Menschen erkennen. Nicht mehr lange, und die Fahrzeuge würden die etwa fünfzig Meter lange und fünf Meter breite steinerne Brücke erreichen. Diese führte in gut zehn Metern Höhe über ein längst ausgetrocknetes Flussbett und war für Fahrzeuge im Umkreis von vielen Kilometern die einzige Möglichkeit, die mit Geröll und Felsbrocken gesäumte Schlucht zu überqueren.

Danial hatte sich in etwa hundert Metern Entfernung auf der anderen Seite des Flussbetts in einem stillgelegten Brunnen versteckt. In das Mauerwerk hatte er ein schmales Loch geschlagen, durch das er mit seinem Zielfernrohr die Brücke und den Weg hervorragend beobachten konnte, ohne dass er in Gefahr geriet, selbst entdeckt zu werden. Seit Tagen hatte er sein Versteck, das er auch nach oben mit dichtem Gestrüpp fast uneinsehbar verschlossen hatte, nicht verlassen. Bei sich trug er außer dem Gewehr, einem Bild seiner Mutter, einer großen Trinkflasche, einem Beutel mit Dörrobst und einer Decke für die eiskalten Nächte nur ein kleines Büchlein mit einem bordeauxroten Lederumschlag. Es enthielt Gedichte und Texte von Bob Dylan. Amar hatte es ihm geschenkt.

Seit Tagen hatte er die Hand nicht von seinem Gewehr genommen, als könne es ihm all seine Zweifel und Ängste nehmen und als hätte er Angst, dass er sich ganz von ihm trennen würde, es nicht mehr greifen würde, wenn er es einmal zu lange losließe. Selbst in den wenigen Stunden, in denen er nachts immer wieder kurz einschlief, hielt er die Waffe fest umklammert. Das Gewehr müsse ein Teil von ihm sein, hatten ihm sein Vater und seine Ausbilder von frühester Kindheit an eingeschärft. Eine Art verlängerter Arm. Ein Arm mit tödlicher Kraft. Und das Gewehr war ein Teil von ihm geworden. Nicht umsonst hatten die Taliban ihn als Scharfschützen ausgewählt und ihm eines der wertvollsten Stücke anvertraut, das sie in letzter Zeit erbeutet hatten: ein Scharfschützengewehr der US-Armee, das sie einem getöteten Soldaten der Eliteeinheit der Navy SEALs abgenommen hatten, zusammen mit der dazugehörigen Winchester-Magnum-Munition. Sie hatten ein Wettschießen veranstaltet, das Danial mit großem Abstand gewonnen hatte. Er konnte ein bewegliches Ziel in der Größe eines Menschen aus einigen hundert Metern treffen. Und genau das war nun seine Aufgabe.

XXII.

Ihre Spitzel hatten herausgefunden, dass in den nächsten Tagen ein Konvoi der deutschen Bundeswehr die Brücke überqueren würde. Es war eine Vorhut, die die Bedingungen für ein Militärlager auf der anderen Seite der Schlucht erkunden sollte. Seine Talibanführer wollten genau die Deutschen treffen. Vielleicht auch deswegen, weil die Deutschen ein besonders verletzbares Ziel waren. Die anderen, die Amerikaner, die Franzosen, die konnten kämpfen. Die hatten ihre Spezialeinheiten, absolute Profis, die nichts anderes taten, als zu kämpfen, zu töten und getötet zu werden. Aber die Deutschen? Schönwetter-Krieger, die nur *pro forma* anwesend waren und sich beim ersten echten Angriff, bei den ersten richtigen Toten wieder hinter ihre Schreibtische flüchten würden.

Danial müsste die Deutschen besonders hassen, dachten seine Führer, und er war bei Weitem der beste Schütze. So wurde er für diese ehrenvolle Aufgabe auserwählt. Von diesem Brunnen aus sollte er möglichst viele Feinde erschießen. Zum Teil würden deren Fahrzeuge nicht ausreichend gegen die Gewehrpatronen mit ihrer gewaltigen Durchschlagskraft gesichert sein, zum Teil war der Kopf der Fahrer der Schützenpanzer oft im Freien. Sobald er den ersten getötet hätte, würde bei den anderen völliges Chaos ausbrechen, da waren sich die Taliban sicher. Und dieses Chaos wollten sie nutzen. Einige Kilometer weiter, in einer kleinen, bewaldeten Senke, hielten sich einige Dutzend weiterer Talibankämpfer versteckt. Diese hatten Panzerfäuste, Handgranaten und Kalaschnikows und würden sich mit ihren Jeeps auf den Weg zur Brücke machen, um die Deutschen endgültig zu erledigen. Der Anführer dieses Trupps war Amar.

Danial und Amars Männer hatten sich schon Tage, bevor der Konvoi erwartet wurde, auf ihre jeweiligen Posten begeben. Sie hatten keinen Kontakt untereinander, ihre Führer hatten das für zu gefährlich gehalten. So sehr sie die Deutschen verachteten, so sehr respektierten sie ihre Technik. Sie versuchten, die technischen Möglichkeiten, die die Deutschen hatten, so gut wie möglich einzuschätzen, und durch ihre Informanten herauszufinden. Sie wussten, dass die Deutschen jeden Funkverkehr abhören konnten und jedes Handy in weitem Umkreis ihres Konvois orten würden. Auch größere Bewegungen konnten ihnen mit Hilfe von Drohnen oder sonstiger Luftunterstützung auffallen.

XXIII.

Die extremen Rechten bekamen in Deutschland und in seinem Bundesland immer mehr Zulauf. Es gab für den Ministerpräsidenten nur einen Weg, zu verhindern, dass sie seiner Partei noch mehr Wähler wegnahmen, und um ihnen Wähler wieder abzujagen: Man musste die Sorgen der Menschen ernst nehmen, die Themen der Rechten übernehmen und sie selbst besetzen. Sein Vorstoß, Asylbewerbern keine Geldleistungen mehr zukommen zu lassen, auch wenn diese unterhalb der Sozialhilfe für Deutsche war, sondern sie nurmehr durch Sachleistungen mit dem Notwendigsten zu versorgen, fand in seiner Partei große Zustimmung. Mit einem Fünfpunkteplan, den sie »Keine falschen Fluchtanreize setzen« nannten, und mit dem u. a. auch die Rechtsschutzmöglichkeiten gegen ablehnende Asylentscheidungen deutlich eingeschränkt wurden, waren sie guter Hoffnung, die öffentliche Stimmung für sich nutzen zu können.

XXIV.

Mit seinem Zielfernrohr konnte er den näherkommenden Konvoi in einigen Kilometern Entfernung nun immer besser erkennen. Und tatsächlich: Aus der Luke des ersten Schützenwagens ragten Kopf und Oberkörper eines deutschen Soldaten. Er trug ein Headset mit großen Kopfhörern, dazu keine Kopfbedeckung. Ab und zu führte er sich ein Fernglas an die Augen und kreiste das vor ihm liegende Gebiet ab. Danial wusste, dass er durch das kleine, gut getarnte Loch im Brunnen nicht entdeckt werden konnte. Er fixierte den Mann durch sein Zielfernrohr, und wenn er jetzt abdrückte, könnte er ihn vielleicht schon töten. Beim Übungsschießen hatte er auch Ziele in über tausend Meter Entfernung getroffen.

Allein, dies war kein Übungsschießen. Seine Führer wussten es nicht, und er hatte sich sogar geschämt, es Amar zu erzählen: Danial hatte noch nie auf einen Menschen geschossen. Als er den Deutschen nun im Visier hatte und spürte, dass es nur von ihm abhing, ob dieser lebte oder starb, da fühlte er, wie ihm das Gewehr auf einmal fremd zu werden drohte. Als wäre es nicht mehr Teil von ihm, als würde es sich ihm aufdrängen, aufzwingen – fast so, als sollte er ein Teil des Gewehrs werden. Wenn er jetzt abdrücken sollte, oder wie geplant dann, wenn der Konvoi über die Brücke fuhr, dann würde der Kopf des Deutschen platzen. Sein Gehirn würde auf den Panzer spritzen, der Rest des Körpers würde in sich zusammensacken, sein Herz würde aufhören zu schlagen. Sein Gesicht würde unwiderruflich verschwinden, und mit ihm sechzig Jahre Leben, die noch vor ihm lagen. Seine Kinder würden nie geboren werden. Und das alles hatte er, Danial, in der Hand. Es hing nur von ihm ab, ob er den Finger krümmte. So viel Macht. So viel unmittelbare Macht. In einem Finger. Es fühlte sich berauschend an. Und zutiefst beängstigend. Aber das waren seine Feinde. Das hatten sie ihm eindeutig signalisiert. Mit Gewalt hatten sie ihn aus Deutschland abgeschoben, und nun mischten sie sich hier mit Gewalt in Dinge ein, die sie nichts angingen. Wenn er sie nicht tötete, würden sie vielleicht irgendwann ihn töten. Das war nur reine Notwehr. Er konnte sie nicht abschieben nach Deutschland, so wie sie ihn abgeschoben hatten. Also musste er sie töten. Keine Frage. Außerdem hatte er jetzt Menschen, die ihn unter sich haben wollten. Die ihn brauchen konnten, die das, was er tat, und was er konnte, wertschätzten. Die Kämpfer der Taliban. Bei weitem nicht alle von ihnen waren die kinderfressenden Monster, als die sie in den Medien dargestellt wurden. Einige, ja, aber hatten nicht alle Organisationen besonders brutale, gestörte Menschen in ihren Reihen, die man nicht ohne weiteres loswerden konnte?

Nur ein einziges Mal hatte Danial, seit er seit einigen Monaten für die Taliban kämpfte, die Hinrichtung einiger afghanischer Soldaten mitbekommen. Er hatte sich nichts anmerken lassen, musste sich aber danach übergeben. Aber auch die USA, die Führer der freien Welt, richteten doch Menschen hin, eigene Staatsbürger sogar, und alle Staaten töteten ihre Feinde, wenn es nicht anders ging. Das sagten seine Führer, und Danial versuchte, es zu glauben. Er hatte sich ohne sonstige Perspektive und Orientierung Amar und den Taliban angeschlossen und sah dort seine letzte Chance, einen Sinn und Halt im Leben zu finden. Aller Anfang ist schwer, und im Kampf gehörte es eben dazu, seine natürlichen Emotionen und sein Mitgefühl zu überwinden. Das war die Arbeit, die er zu leisten hatte, und wenn er gut war in dieser Arbeit, dann würde er belohnt werden. Er würde in der Hierarchie aufsteigen, mehr Geld bekommen und vor allem mehr Achtung und Anerkennung der anderen Kämpfer. So sehr er aber versuchte, es sich einzureden, er wollte das nicht. Er wollte diese Verantwortung für das Leben oder Sterben des Anderen nicht. Er wollte nichts tun, was nie wieder geändert oder rückgängig gemacht werden konnte. Aber er musste es doch tun.

Was würden die Deutschen machen, wenn er mit dem Panzer durch ihre Straßen führe? Und hatten sie nicht auch ihn sehenden Auges dem Elend und einem baldigen Tod ausgeliefert, indem sie ihn ohne Not wieder zurückgeschickt hatten?

Außerdem kämpfte er jetzt für die Taliban. Das war seine Aufgabe und seine Arbeit. Und dafür musste er auch Dinge tun, die ihm unangenehm waren, wie bei jeder anderen Arbeit auch. Aber das war mehr als unangenehm. Es wurde ihm immer stärker zuwider, je näher der Konvoi kam, und je genauer er den Menschen in der Luke erkannte. Dieser hatte einen knapp geschnittenen Vollbart und lachte viel, während er immer wieder etwas in das kleine Mikrophon seines Headsets sprach. Er wirkte freundlich und irgendwie jugendlich, obwohl er vielleicht schon Anfang dreißig war. Wenn er keinen Kampfanzug trüge und in keinem Schützenpanzer säße, hätte es auch einer der sympathischen Sozialarbeiter sein können, die sich so um Danial und die anderen Geflüchteten in der Einrichtung gekümmert hatten.

Fünfhundert Meter war der Konvoi noch von der Brücke entfernt. Danial wischte sich mit seiner linken Hand den Schweiß aus dem Gesicht und hob zum ersten Mal, seitdem der Konvoi im Zielfernrohr erschienen war, kurz den Kopf. Da fiel ihm auf, dass er den Finger unbewusst vom Abzugshahn genommen hatte. In diesem kurzen Moment des Abstands vom Gewehr, vom Zielfernrohr und vom Abzugshahn, da wurde ihm klar: Er konnte es nicht tun. Er konnte diesen Mann nicht erschießen. Das spürte er nun mit ganzer Gewissheit, aber er spürte auch, dass diese Gewissheit zu spät kam. Vielleicht hätte er den Mann noch töten können, als er nur seine Umrisse im Fernrohr gesehen hatte, und nicht seinen Bart, nicht seine Augen, nicht sein Lachen. Aber das wäre gegen seinen Auftrag gewesen. Auf der Brücke war der Konvoi besonders angreifbar, nur da konnte der Plan der Taliban aufgehen, alle deutschen Soldaten zu töten. In einer Minute würden die Fahrzeuge nun die Brücke erreichen, und Danial wusste nicht, was er tun sollte. Wenn er gar nichts tat, dann würden die Deutschen in wenigen Minuten in der Senke auf Amar und die Talibankrieger stoßen, und der Mann in der Luke würde wohl auch sterben. Mit ihm viele der Deutschen und der Taliban. Vielleicht auch Amar. Und er, Danial, würde von den überlebenden Taliban hingerichtet werden. Er fühlte sich nicht als Held. Er hatte panische Angst davor, zu sterben. Er dachte an seine Mutter, und das Zitat aus dem Koran, das sie ihm aus Sorge, er könne genauso werden wie sein Vater, mit auf die Reise gegeben hatte: »Den Barmherzigen wird durch den Allerbarmer Barmherzigkeit erwiesen. Erweist den Erdbewohnern Barmherzigkeit, und Der, Der im Himmel ist, wird euch barmherzig sein.«

XXV.

Es kamen immer weniger Flüchtlinge nach Deutschland, und viele Asylbewerbereinrichtungen in seinem Bundesland standen leer. Das machte dem Ministerpräsidenten große Sorge. Nur mit diesem Thema ließ sich die Wahl sicher gewinnen. Das spürte er ganz deutlich. Auf allen anderen Themenfeldern, bezahlbares Wohnen, Chancengleichheit in Bildung und Ausbildung oder dem Kampf gegen Altersarmut, konnten sie nur gegen die Opposition verlieren. Seine Partei war seit Jahrzehnten an der Macht, und bei näherem Hinsehen war es ein Leichtes, ihr die Verantwortung für viele Missstände zuzuweisen.

Aber für die Flüchtlinge, da konnten sie doch nichts. Zumindest war die Zeit lange noch nicht reif genug, um allgemeinverständliche Zusammenhänge zwischen ihrer Politik und dem Krieg, der Not und dem Elend in anderen Ländern herzustellen. Es galt, die Frustration und Wut des Sozialhilfeempfängers auf den Flüchtling umzuleiten, der so viele Kosten verursachte, dass man nicht mehr Geld für die Deutschen in Not übrig hatte. Es galt, die Angst des Mittelstands vor dem Abrutschen umzuleiten auf den Flüchtling, den Fremden, das Fremde, das die gewohnten, haltgebenden Strukturen gefährdete. Das Fremde als Gefahr für die heile Zukunft. Und es galt, die Emotionen des saturierten, selbstgefälligen Deutschen zu wecken, der ohne echte existentielle Herausforderungen, ohne echte Not, ohne echten Sieg über sie, ja ohne Kampf seiner täglichen Arbeit nachging, die BILD-Zeitung las, am Wochenende Fußball schaute und dreimal jährlich in den Strandurlaub fuhr. Diese saturierten Bürger, denen, bewusst oder unbewusst, der Sinn der menschlichen Existenz immer mehr verlorengegangen war, waren am anfälligsten für die durch die Rechten geschürten Ängste und Aggressionen, die sie im Alltag nicht mehr ausleben konnten und mussten, und die sie auch nicht mehr mit eigenem Risiko und eigener Leistung ausleben wollten. Und doch waren sie noch in ihnen. Die Angst, die Wut und die Aggressionen, und sie wollten sie durch andere beruhigt und befriedigt sehen.

Der Ministerpräsident und seine Partei beschlossen die Einrichtung von Ankerzentren, in denen die Asylbewerber konzentriert untergebracht werden sollten, und von denen aus schnell und direkt wieder abgeschoben werden konnte. Die Gefahr bei einer dezentralen Unterbringung war zu groß, dass sich zu viele integrierten und integriert wurden, und dass zu viele Wähler den Menschen hinter dem Asylbewerber kennenlernten.

Das war die hohe Kunst der Politik: ein Spielen auf der Klaviatur öffentlicher Stimmungen. Und er war darin ein Virtuose. Der beste. Warum sonst hätte man ihn zum Ministerpräsidenten gewählt? Und nur, wer an der Macht war, konnte etwas Gutes bewirken. Um die Macht zu bekommen und zu halten, musste man taktisch klug vorgehen. Und was würden die Afghanen, die hier Menschlichkeit einforderten, wohl mit den Deutschen tun, wenn die ihre Hilfe benötigen würden?

XXVI.

Es war weniger eine bewusste Entscheidung als die Erkenntnis, dass es keinen heilen Ausweg aus diesem Dilemma gab. Er spähte weiter durch das Zielfernrohr, legte seinen Finger an den Abzug, sah den Mann in der Luke und drückte ab. Zweimal. Der Rückstoß drückte das schwere Gewehr gegen seine rechte Schulter, wie er es von tausenden Übungsschüssen gewohnt war. Und doch war es dieses Mal ungleich schmerzhafter, es fühlte sich an wie zwei Schläge mit einem eisernen Hammer. Die Patronenhülsen klirrten an die Brunnenmauer, und obwohl das Gewehr schallgedämpft war, fuhr ihm das Knallen im Widerhall des Brunnens wie ein stechend schmerzhafter Blitz in Ohren und Glieder.

Wieder richtete er das Zielfernrohr auf den Mann in der Luke. Da war er. Danial hatte bewusst etwa einen Meter über seinen Kopf geschossen. Vielleicht würden die Deutschen den Rückzug antreten, wenn sie angegriffen würden, und er könnte den Taliban sagen, er hätte eins dieser Schweine schon vor der Brücke erledigen müssen, weil er sie so hasste. Das würden sie vielleicht verstehen. Alles wäre gut.

XXVII.

Demokratie war doch das oberste Prinzip ihres Staates. Das war doch gerade das, was die Deutschen von den Afrikanern und anderen unterschied. Wie konnte man da ernsthaft gegen etwas sein, was die meisten Bürger wollten? Und was die Menschen wollten, das wusste er am besten. Das wussten nicht die Professoren, Chefredakteure oder selbsternannten Menschenrechtler. Jeder sollte doch einsehen, dass man nicht allen helfen und nicht jeden aufnehmen konnte. Er und seine Partei würden Recht und Ordnung und damit Menschlichkeit dort durchsetzen, wo die anderen Parteien nur Chaos schufen.

XXVIII.

Das letzte, was Danial in seinem Leben sah, war der Mann in der Luke, der mit seinem Arm in Richtung des Brunnens zeigte, in dem sich Danial versteckt hielt. Das letzte, was er in seinem Leben hörte, war der Knall der Bordkanone des Schützenpanzers.

XXIX.

Die Deutschen hatten den Brunnen in einen riesigen Krater verwandelt und danach den Rückzug angetreten. Amar und die übrigen Taliban kamen erst näher, als vom Konvoi nichts mehr zu sehen war. Als sie den Krater untersuchten, der noch vor einer Stunde Danials sicheres Versteck gewesen war, fanden sie Teile von Danials Gewehr, aber keine menschlichen Überreste. Die Taliban stiegen wieder in ihre Fahrzeuge und machten sich zum Aufbruch bereit. Amar aber konnte sich noch nicht lösen. Verzweifelt suchte er den immer noch dampfenden Krater ab und stocherte mit seiner Kalaschnikow in den aufgerissenen Boden aus Erde und Steinbrocken. Da sah er es. Vielleicht handgroß. Ein bordeauxrotes Lederstück. Ein Stück Einband des Buches, das er Danial geschenkt hatte. Amar nahm es an sich, befreite es von Schmutz und betrachtete es mit Tränen in den Augen.

Die Taliban in den Jeeps riefen ihm zu. »Komm endlich, wir müssen los!«

Amar zögerte noch einige Sekunden, dann sprach er zu dem Lederstück, als sei es Danial: »Ich schwöre dir, mein Bruder, dass die Deutschen dafür bluten werden. Unser ist die Rache. Mit deinem Blut und deinem Tod wird Geschichte geschrieben werden. Viele Deutsche werden sterben. Du aber wirst unsterblich sein.« Amar küsste das Lederteil, steckte es in seine Brusttasche, und ging zu den wartenden Fahrzeugen.

XXX.

Der Ministerpräsident sprach:

»Im Namen unseres Bundeslandes, und auch ganz persönlich zolle ich dem besonnenen und mutigen Handeln unserer Soldatinnen und Soldaten aufrichtigen Respekt. Sie stehen tagtäglich mit ihrem Leben für unsere Freiheit und Sicherheit ein und sie tragen ganz maßgeblich dazu bei, dass sich die Gesamtsituation in Afghanistan trotz solcher vereinzelten Zwischenfälle in den letzten Monaten deutlich verbessert hat. Das Land ist sicherer und ruhiger geworden. Was wir unseren Streitkräften zumuten, müssen wir erst recht den Asylbewerbern aus Afghanistan zumuten dürfen. Aber, und das sage ich mit aller notwendigen Selbstkritik: Wir müssen bei der Abschiebung noch deutlich schneller und effektiver werden. Das dient nicht zuletzt den tatsächlich Schutzbedürftigen, die wir bestmöglich integrieren wollen. Wir bleiben ein weltoffenes Land, wir helfen denen, die Schutz brauchen, und fühlen uns unseren christlichen Werten und dem Wort der Bibel verpflichtet: Bleibt fest in der brüderlichen Liebe. Gastfrei zu sein vergesst nicht; denn dadurch haben einige ohne ihr Wissen Engel beherbergt.«

XXXI.

Zwei Monate später sprengte sich in der Nähe der Deutschen Botschaft in Kabul ein Selbstmordattentäter in die Luft. Er riss neben mehreren afghanischen Wachleuten drei deutsche Soldaten und eine deutsche Entwicklungshelferin mit in den Tod. Zur Vergeltung warf die amerikanische Luftwaffe mehrere Bomben auf ein Lager in den Bergen von Kandahar, in dem Talibankämpfer vermutet wurden. Die Spurensicherung ging davon aus, dass das bordeauxrote Lederstück, das man an einem der Fleischfetzen klebend fand, der kümmerliche Rest einer Ausgabe des Korans war, die einer der Getöteten bei sich getragen hatte. Und während die Taliban Rache schworen, stellte der

Ministerpräsident unter parteiübergreifendem Applaus im Landtag ein Programm gegen Radikalisierung in Schulen und Gefängnissen vor.

Das Brennglas

I.

Er gehörte zu dem großen Teil der Insassen, die ich als Anstaltsleiter nicht näher kennen konnte. Vielleicht hatte ich ihn schon einmal gesehen, aber seinen Namen konnte ich keinem Gesicht zuordnen. Der Nachname war für uns ohnehin kaum auszusprechen, so dass er vom Leiter der Sicherheitsabteilung nur bei seinem Vornamen genannt wurde. Abid. Kein Name wie jeder andere, so dass ich unter gewöhnlichen Umständen wohl Probleme gehabt hätte, ihn mir zu merken. Die Umstände waren aber alles andere als gewöhnlich, und Abid brannte sich so schnell und tief in mein Gedächtnis ein, dass er mich oft sogar nachts oder am Wochenende quälte.

II.

Abid war als Jugendlicher aus Pakistan gekommen, hatte in Deutschland einen Schulabschluss erworben, eine Lehre absolviert und geheiratet. Seine erste Ehe mit einer Landsmännin scheiterte nach wenigen Jahren, aber er heiratete wieder, eine Deutsche, und war auch beruflich erfolgreich. So erfolgreich, dass er mehrere hunderttausend Euro an Steuern hinterziehen konnte. Er hatte eine Pizzeria und einen Lieferservice mit zahlreichen Angestellten aufgebaut, unter denen allerdings immer mehr schwarzarbeitende Asylbewerber waren, die er für einen Hungerlohn beschäftigte. Einmal eskalierte ein Streit mit einem seiner Mitarbeiter, der sich nicht länger so ausnutzen lassen wollte, und drohte, ihn anzuzeigen. Abid schlug auf ihn ein, und war nun unter anderem wegen Körperverletzung und Steuerhinterziehung in Haft, während seine Angestellten arbeitslos wurden.

III.

Unwillkürlich drängte sich Abid jedes Mal in mein Bewusstsein, wenn in den Medien über den selbsternannten islamischen Staat berichtet wurde. Die grausamen Hinrichtungen, das Abschneiden von Köpfen, die Pick–ups mit schwarzen Flaggen und vermummten Gestalten mit Maschinengewehren, all dies verschmolz zunehmend und untrennbar mit seinem Namen. In seiner Akte waren keinerlei Hinweise auf eine Nähe zum islamischen Staat oder sonstige extremistische Tendenzen zu sehen. Aber war nicht das gerade verdächtig? War er vielleicht einer der Schläfer, über die so viel berichtet wurde?

Als ich ihn zum ersten Mal persönlich traf, fragte ich mich unwillkürlich, ob es ihm zuzutrauen wäre, dass er einem anderen Menschen mit dem Messer den Kopf abschneidet. Das Kopfabschneiden war ganz allgemein schwer vorstellbar, aber er war ein kräftiger Mann Mitte dreißig, und hätte es tun können. Natürlich. Mit seiner braunen Hautfarbe und den tiefschwarzen Haaren hatte er etwas Wildes an sich. Mir schauderte, als ich unauffällig seine Hände musterte. »Ich frage Sie mal ganz ungeschminkt: haben Sie Sympathien für den islamischen Staat?«

Abid wirkte überrascht und schüttelte ungläubig den Kopf. »Islamischer Staat? Ich? Nein, aber warum fragen Sie? Fragen Sie das jetzt alle Ausländer?«

»Nein, aber bei Ihnen gab es einen Hinweis.«

»Einen Hinweis? Was für einen Hinweis?«

»Sie sollen bei einem Fernsehbeitrag über den islamischen Staat gejubelt haben!«

Er schien fassungslos über diesen Vorwurf zu sein, und ich fragte mich, ob Schläfer des islamischen Staates vielleicht für solche Situationen geschult würden. Andererseits: warum hätte er dann so auffällig jubeln sollen? Ein Mitgefangener hatte dem Leiter unserer Sicherheitsabteilung den Hinweis gegeben, dass Abid beim gemeinsamen Fernsehen im Gruppenraum der Abteilung gejubelt und seine Faust wie ein Fußballfan geballt hätte, dessen Mannschaft ein Tor geschossen hat. Das sei eindeutig die Reaktion auf einen Beitrag über die Einnahme einer Stadt im Irak durch den IS gewesen. Auch hätte er irgendwas in seiner Sprache gesagt, unser Informant wollte nicht ausschließen, dass es sich um »*Allahu Akbar*« gehandelt hatte. War das ein unbedachter Moment, in dem es aus ihm herausgebrochen war? Oder wollte er damit Gleichgesinnte oder Mitgefangene ausfindig machen, die für seine Ideologie anfällig waren? Hatte er vielleicht sogar extra Straftaten begangen, um ins Gefängnis zu kommen, und dort andere zu rekrutieren?

Abid jedenfalls konnte unsere Zweifel nicht zerstreuen. Er tat so, als wüsste er nicht, wie wir überhaupt auf die Idee kommen konnten, ihm so etwas vorzuwerfen. Seine dunkelbraunen Augen funkelten wütend. »Ich lebe seit fast zwanzig Jahren in Deutschland! Ich bin Geschäftsmann, was habe ich mit dem islamischen Staat am Hut? Wer hat Ihnen denn diesen Hinweis gegeben?«

Der Hinweisgeber war mir auch persönlich gut bekannt. Es war der Gefangene Dr. Müller, der in der Anstalt einen der begehrtesten Jobs für Gefangene hatte: Er säuberte die Gänge im Verwaltungstrakt, in dem auch mein Büro als Anstaltsleiter lag. Er verrichtete seine Arbeit vorbildlich, war immer freundlich und zuvorkommend und verbreitete auf unseren kargen Gängen gute Laune. Wir nannten ihn hinter seinem Rücken Dr. Sonnenschein. Wenn er nicht die blaugraue Gefangenenkluft getragen hätte, die aussah, als wäre sie aus einem Sack zusammengeschneidert worden, hätte man ihn für einen Chefarzt oder Topmanager halten können. Braungebrannt, durchtrainiert, mit strahlend weißen Zähnen und graumeliertem Haar. Er war unter anderem wegen Betrugs und Untreue in Haft, weil er als Leiter der Kreditabteilung einer Sparkasse Hunderttausende Euro, die eigentlich für den Aufbau Ost bestimmt gewesen waren, in die eigene Tasche gewirtschaftet hatte. Er selbst bezeichnete das alles als großes Missverständnis und sich selbst als Bauernopfer, schien aber durch die dreijährige Haftstrafe nicht sonderlich belastet zu sein, obwohl er mit seiner fast zwanzig Jahre jüngeren Frau zwei kleine Kinder hatte.

Er gab sich, als sei das ganze Leben nur ein Spiel, und Gefühle, seine eigenen und die von anderen Menschen, nur Karten in diesem Spiel und nicht das Leben selbst. Vielleicht war er deshalb so beliebt bei uns, weil er einerseits das genaue Gegenteil zu jener drückenden Zwanghaftigkeit und Schwere war, die die Atmosphäre ansonsten in dem Verwaltungsgebäude prägten, und auch weil er uns das Gefühl gab, dass wir die Menschen nicht im Kern trafen und verletzten, indem wir sie einsperrten. Er spielte mit den Gefühlen – wir versuchten, sie zu verwalten, und in diesem Kampf gegen die Realität waren wir uns ähnlich.

IV.

Ich konnte Abid allerdings nicht sagen, wer uns den Hinweis auf sein auffälliges Verhalten gegeben hatte. Es war immer das gleiche. Wenn wir den Namen von Informanten nennen würden, wären diese gefährdet, wir könnten sie im Gefängnis nicht dauerhaft schützen. Am Ende könnten wir verantwortlich gemacht werden, wenn ihnen etwas angetan würde. Umso leichter war es, Mitgefangene zu denunzieren oder falsch zu beschuldigen. Man musste nur die Regeln dieses totalen Systems kennen und zu nutzen wissen.

»Ich kann Ihnen nicht sagen, wer uns diese Informationen gegeben hat. Aber Sie bekommen ja nun die Gelegenheit, dazu Stellung zu nehmen.«

Abid wirkte nun fast ratlos und schüttelte wieder den Kopf. »Nein, das ist gelogen, ich kann mich nicht einmal erinnern, in letzter Zeit überhaupt einen Fernsehbericht über den IS angesehen zu haben.«

»Aber Sie gehen doch regelmäßig in den Gruppenraum zum Fernsehen, oder?«

»Das schon, ja, aber … Ach, es ist sinnlos.«

V.

Wir befragten auch die anderen Gefangenen, die sich in dem Fernsehraum aufgehalten hatten. Alle gaben an, nichts mitbekommen zu haben. Das war die übliche Aussage von Gefangenen, wenn man sie als Zeugen zu irgendwelchen Vorfällen befragte. Da es für Inhaftierte meist Nachteile brachte, die Wahrheit zu sagen, taten sie es oft auch nicht, und wir glaubten umgekehrt grundsätzlich einfach das, was wir glauben wollten. Und hier: war es nicht auffällig, dass überhaupt keiner der anderen etwas bemerkt haben wollte? Hatten sie vielleicht alle Angst? Bis dahin war Abid unauffällig gewesen, jetzt erschien er uns irgendwie undurchsichtig.

VI.

Was sollten wir nun tun? Immer öfter wurden ausländische Inhaftierte zum Problem. Der Anteil der Gefangenen mit Migrationshintergrund hatte in den letzten Jahren deutlich zugenommen. Oft hört man, dass das Gefängnis ein Spiegelbild der Gesellschaft sei, ich hielt es eher für ein Brennglas sozialer Probleme. Mein Eindruck war jedenfalls nicht, dass Ausländer grundsätzlich krimineller wären. Es handelte sich wohl eher um eine Symptomatik bestimmter sozialer Schichten und um die Folgen von Auswahlprozessen von Polizei und Justiz.

In unserer Anstalt waren gut dreißig Prozent, in anderen Gefängnissen waren schon mehr als die Hälfte der Insassen ausländischer Herkunft. Bei uns waren vor allem Türken, Nordafrikaner, Osteuropäer und Nigerianer inhaftiert. Und neben Abid zwei oder drei Pakistaner. Wir mussten mit immer mehr Gefangenen umgehen, die zum Teil kein Deutsch und schlechtes Englisch sprachen, und deren Kultur wir kaum kannten. Das rührte an den Grundfesten des Strafvollzuges, der in den letzten Jahrzehnten immer stärker versuchte, nicht nur die Körper, sondern auch die Seelen und Psychen der Gefangenen in seine

Gewalt zu bekommen, indem er sich der psychologischen und psychiatrischen Wissenschaften insoweit bemächtigt hatte, als es ihm zweckdienlich erschien. Absolute Kontrolle über das Verhalten der Insassen, im Jetzt und für die Zukunft, war die Illusion der totalen Institution.

Diese Illusion geriet bei Menschen ins Wanken, bei denen wir nicht wussten, woher sie kamen, nicht wissen konnten, wohin sie nach der Haft gehen würden, und nicht ahnten, was sie dachten, da wir kaum mit ihnen reden konnten. Auch weckten sie unsere Ur-Angst: Wenn viele Insassen sich zusammentäten, drohte die Gefahr, dass wir nicht nur die Kontrolle über einzelne Gefangene, sondern die über die ganze Einrichtung verlieren könnten. Unwillkürlich gingen wir bei Ausländern eher davon aus, dass sie sich als Gruppe zusammentun könnten, selbst wenn sie unterschiedlicher Nationalität waren. Nicht auszudenken, wenn es neben Abid noch mehrere IS–Sympathisanten oder gar Terroristen in der Anstalt geben würde. Irgendetwas mussten wir jedenfalls unternehmen, sonst hätte der schwarze Peter bei uns gelegen, wenn tatsächlich etwas passiert wäre. Wichtig war vor allem, für den Fall des Falles alles aktenkundig zu machen. Nur: was?

VII.

Ich unterschrieb eine strikte Anweisung: Abid und sein Haftraum mussten ab sofort täglich genauestens kontrolliert werden. Vielleicht konnten wir irgendetwas finden, was den Verdacht gegen ihn erhärtete.

VIII.

Einige Tage später teilte Dr. Müller unserem Sicherheitschef mit, dass er beobachtet hätte, wie Abid während des Hofganges etwas in seiner Sprache laut gerufen hätte. Möglicherweise wollte er so Kontakt mit Personen außerhalb der Anstalt aufnehmen, oder unter den Mitgefangenen Gleichgesinnte aktivieren. Auch stünde er oft in konspirativer Weise mit muslimischen Mitgefangenen zusammen. Zumindest das konnten mir auch die Beamten bestätigen, die den Hofgang überwachten.

IX.

Nachdem in Frankreich und anderen Ländern entlassene Gefangene terroristische Anschläge verübt hatten, kam das Thema Radikalisierung in und durch Haft auch im deutschen Strafvollzug immer stärker auf die Tagesordnung. Unter anderem wurde beschlossen, mehr Beamte mit Migrationshintergrund, Islamwissenschaftler und Beobachter für radikale Kräfte in den Anstalten einzustellen.

Das war alles schön und gut, doch die Umsetzung würde Jahre dauern, und was sollten wir nun mit Abid tun? Da wurden die Beamten endlich bei einer ihrer täglichen Kontrollen von Abids Haftraum fündig. Auf der Innenseite der Toilettenschüssel war ein Messer angeklebt.

X.

Es lässt sich in einem Gefängnis nicht vermeiden, dass sich alles irgendwann herumspricht. Die Hälfte der Bewohner, die Gefangenen, hatten einen an Monotonie kaum zu übertreffenden Alltag. Es gab keine Erlebnisse, und wenig Bezugspunkte außerhalb der Anstalt. Ihr Leben fand fast ausschließlich zwischen den Mauern statt. In dieser Art zu existieren war alles auch nur ansatzweise Außergewöhnliche umso interessanter.

Auch für uns Justizmitarbeiter war der Alltag allzu oft eintönig und spielte sich zum Großteil in der geschlossenen Anstalt ab. Tagein, tagaus die gleichen bürokratischen Abläufe, und immer hatte man mit den gleichen Leuten zu tun. Dies gab den fruchtbarsten Nährboden für richtige und falsche Gerüchte. So sprach sich sehr schnell herum, dass es mindestens einen mutmaßlichen IS-Terroristen in der Anstalt gab.

XI.

Das Messer, das man bei Abid gefunden hatte, war ein Messer, wie es jeder Gefangene in Besitz hatte. Es diente zum Schneiden von Brot, Wurst oder Käse, und war aus einem leicht bieg- und brechbaren Material, so dass es kaum als Waffe verwendet werden konnte. Das Problem an diesen Anstaltsmessern war jedoch, dass sie aus Sicherheitsgründen nicht nur an der Spitze, sondern auch an der Schneidefläche so stumpf waren, dass man mit ihnen vielleicht Butter, aber kaum Brot schneiden konnte. Viele schliffen sich die Messer daher, auch wenn es verboten war und sie mit einer Disziplinarmaßnahme rechnen mussten, wenn sie erwischt wurden. Abid wurde nun erwischt. Und auch, wenn viele ihre Messer schliffen, war der Fall bei ihm nicht anders zu beurteilen? Hatte er es nicht getan, um Brot schneiden zu können, sondern vielleicht, um eine Geisel zu nehmen?

XII.

Inzwischen war auch der Personalrat der Anstalt auf die IS-Problematik aufmerksam geworden. Er forderte mehr Schutz für die Bediensteten. Unter anderem sollte das Aufsichtspersonal während des Hofganges und bei Ausführungen von Gefangenen, etwa zum Arzt, verdoppelt werden, um sich im Fall von Angriffen besser wehren zu können. Wir hatten ohnehin viel zu wenig Personal, aber es war kaum möglich, sich diesen Forderungen zu verschließen. Nicht auszudenken, wenn einer Mitarbeiterin oder einem Mitarbeiter etwas passiert wäre, was vermieden hätte werden können, wenn wir die richtigen Maßnahmen getroffen hätten. Wir mussten im Gegenzug für diese Maßnahmen Behandlungsgruppen wie das soziale Kompetenz- oder Anti-Gewalt-Training für Gefangene aufgeben, da dafür dann nicht mehr genügend Personal vorhanden war.

XIII.

Es dauerte nicht lange, bis auch die Medien Wind von der Sache bekamen. Hier würde es nun darauf ankommen, das bestehende Problem nicht zu verleugnen, es aber auf der anderen Seite auch nicht als unlösbar darzustellen. Im optimalen Fall könnten wir sogar Lösungen für dieses Problem verkünden, damit die mediale Aufmerksamkeit sich hoffentlich wieder anderen Themen zuwenden konnte. Nicht selten waren solche Lösungen Scheinlösungen, und manchmal vergrößerten sie das Problem sogar. Wenn z. B. alle Gefangenen vom offenen Vollzug in den geschlossenen verlegt wurden, weil einer aus dem offenen Vollzug heraus eine Straftat begangen hatte, die zum Skandal wurde, dann dauerte es sehr lange, bis nach umfangreichsten Prüfungen wieder Gefangene in den offenen Vollzug verlegt werden konnten. Die Medien waren aber erst einmal zufrieden. In der Sache führte das jedoch zu einer Reduzierung der Wiedereingliederungschancen von Gefangenen und damit zu einer Erhöhung ihrer Rückfallgefahr. Die kurzfristige Scheinlösung der Schließung des offenen Vollzuges, um Straftaten der dort Untergebrachten zu verhindern, führte also tatsächlich zu mehr statt zu weniger Straftaten.

Hier bestand das Problem in der Tatsache, dass mutmaßliche IS-Anhänger in Haft waren. Die Medien wollten wissen, wie wir damit umgehen, wie wir die Sicherheit der Bediensteten und Gefangenen gewährleisten können und wie vor allem die Sicherheit der Bevölkerung bei einer eventuellen Entlassung dieses Mannes gewährleistet wurde.

Wir mussten einige kernig klingende Maßnahmen verkünden. Brotmesser wurden künftig nur noch an Gefangene ausgegeben, die vorab eine besondere Sicherheitsüberprüfung durchlaufen hatten. Dazu wurde ein vierseitiges Formular entwickelt, in das mehrere Abteilungen Eintragungen machen mussten, bevor ich als Anstaltsleiter letztlich die Erlaubnis zur Aushändigung des Messers erteilte – oder diese Erlaubnis ablehnte, weil z. B. die Sicherheitsabteilung in dem Formular vermerkt hatte, dass der Gefangene ein solches Messer in der Vergangenheit bereits einmal missbraucht hatte. So wie Abid, der kein Messer mehr ausgehändigt bekam. Bei insgesamt einigen hundert Inhaftierten unserer Anstalt war die neue Prozedur mit immensem Zeitaufwand verbunden, zumal denjenigen, die kein eigenes Messer bekamen, das Brot nun von der Anstalt geschnitten werden musste. In der Außendarstellung jedoch kam diese Maßnahme gut an.

XIV.

Als sich die mediale Lage gerade wieder etwas zu entspannen schien, bekamen wir Post vom Landtag. Fünfzehn Gefangene hatten eine Petition geschrieben, in der sie ihrer Sorge über die Sicherheit in der Anstalt Ausdruck verliehen. Es gebe deutliche Anzeichen einer Islamisierung und Radikalisierung von einigen Insassen, und die Beschwerdeführer hätten nicht den Eindruck, dass die Anstaltsleitung das Problem im Griff hätte. Dies sei die Überzeugung der absoluten Mehrheit aller Gefangenen, viele würden sich allerdings aus Angst vor Repressionen nicht trauen, die Petition zu unterzeichnen.

XV.

Zunehmend bekamen wir auch noch Druck aus der anderen Richtung. Nicht von Abid, der sich weiter in fast auffälliger Weise ruhig verhielt. Ein anderer Inhaftierter jedoch, der ebenfalls kein Brotmesser mehr ausgehändigt bekam, weil er wegen einer Messerstecherei inhaftiert war, klagte dagegen mit dem Argument, er hätte seit mehr als vier Jahren ein Brotmesser gehabt und es niemals missbraucht. Das war nicht von der Hand zu weisen. Er werde als Moslem aus religiösen Gründen diskriminiert. Wir waren froh, dass wir zumindest nachweisen konnten, dass fast genauso vielen Moslems wie Nichtmoslems das Messer entzogen worden war.

XVI.

Auf die Landtagseingabe mussten wir irgendwie reagieren. Nur zwei der Unterzeichner waren in der Vergangenheit durch rechtsradikale Aktivitäten aufgefallen, bei den anderen handelte es sich um bis dato gänzlich unauffällige Mitläufer im Anstaltsgeschehen. Wir entschieden uns dafür, die Zeiten, in denen sich die Gefangenen außerhalb ihrer Hafträume auf den Gängen frei bewegen konnten, spürbar einzuschränken. Damit waren die Phasen des Tages, in denen wir deutlich weniger Kontrolle über alles hatten, was in der Anstalt passierte, reduziert. Der Landtag war zufrieden.

XVII.

Die Vollzugsplanung mit ausländischen Gefangenen war grundsätzlich viel schwerer als mit Deutschen. Meist konnten ihnen keine Lockerungen wie Ausgang oder Urlaub gewährt werden, weil befürchtet werden musste, dass sie dann ins Ausland flohen. Gerade straffällig gewordene Asylsuchende empfanden diese Begründung als grotesk, da sie nie freiwillig Deutschland verlassen hätten und ihnen selbst das deutsche Gefängnis lieber als ihre Heimat war, aber so waren nun einmal die Regeln. Auch in den Genuss therapeutischer Maßnahmen kamen Inhaftierte mit nichtdeutscher Nationalität sehr selten. Entweder, weil es bereits an den sprachlichen Voraussetzungen dafür scheiterte, oder weil die ohnehin viel zu knappen Plätze nicht von Gefangenen besetzt werden sollten, die man nach ihrer Haft ohnehin abschieben würde. Auf gut Deutsch gesagt wollte man vor allem die deutsche Bevölkerung vor gefährlichen Menschen schützen. Es war ohnehin ein reiner Haftmythos, dass die Gefangenen im Gefängnis resozialisiert und damit weniger gefährlich würden. Im Falle von Ausländern war die Behauptung einer Resozialisierung in oder durch Haft oft absurd.

Bei Abid jedoch war es nicht so einfach, ihm das alles zu versagen. Er sprach fast fließend Deutsch, die Ausländerbehörde hatte darauf verzichtet, ihn wegen seiner Straftaten auszuweisen, und er hatte nur noch wenige Monate bis zu seiner Entlassung. Er hatte nun beantragt, die Anstalt zumindest stundenweise in Begleitung seiner deutschen Ehefrau, einer Sonderschullehrerin, verlassen zu dürfen. Wir wollten ihm aber keinen Ausgang genehmigen. Wir hatten ein unbestimmtes Gefühl, ihn nicht annähernd einschätzen zu können. Das wäre der ehrliche Grund für die Ablehnung seines Antrages gewesen. Ehrlichkeit führte aber in der Regel dazu, dass wir uns juristisch angreifbar machten, und so stützten wir unsere Entscheidung auf den Fund des Messers bei Abid. Von ihm ginge bei einem unüberwachten Aufenthalt außerhalb der Anstalt eine Gefahr aus, da er selbst in Haft nicht in der Lage sei, sich ordnungsgemäß zu verhalten.

Als Abid diese Entscheidung eröffnet wurde, beschimpfte er den Beamten als »Nazi«. Damit er nicht Mitgefangene gegen das Anstaltspersonal aufstacheln konnte, wurde er daraufhin von anderen Inhaftierten abgesondert. Er kam in einen vom Unterkunftsbereich der anderen Häftlinge abgetrennten Haftraum und musste die eine Stunde täglich, die er sich außerhalb des Gebäudes an der frischen Luft aufhalten durfte, alleine im Kreis gehen.

XVIII.

Ich habe Gefangene kennengelernt, für die es, zumindest scheinbar, keine große Belastung war, wenn sie von anderen Inhaftierten getrennt wurden. Für die meisten aber wurde dies zur Qual, je länger die Absonderung dauerte. Das war uns wohl bewusst, so dass wir die Maßnahme nur so lange aufrecht erhielten, wie es unbedingt notwendig war. Das Problem war nur: Wie sollte man unter den Bedingungen einer weitgehenden Isolation einschätzen, wie sich jemand verhalten würde, wenn man diese Isolation lockerte? Im Grunde war die Absonderung ein Gefängnis im Gefängnis und daher ebenso nur kurzfristig und oberflächlich hilfreich. Beides machte die Situation langfristig gesehen oft eher schlimmer.

So auch bei Abid, der nach einer Woche Absonderung damit drohte, sich umzubringen. Der Anstaltspsychologe hielt diese Drohung für ernsthaft, so dass wir Abid in einer Art Gummizelle unterbringen mussten. In diesem durchgehend videoüberwachten Raum befanden sich keine Gegenstände, mit denen man sich etwas hätte antun können. Es befand sich überhaupt nur ein Gegenstand in der Zelle: die absolut reißfeste Matratze. Das winzige Fenster war aus Panzerglas, damit sich die Insassen dieses Haftraums keine Glasscherben herausschlagen konnten. Bekleidet war Abid nur mit einer Unterhose aus Papier, da er sich mit allen anderen Bekleidungsstücken strangulieren könnte, bevor der Überwachungsbeamte an der Kamera hätte reagieren können. Ein gänzlich entwürdigender Zustand. Aber was sollten wir tun? Wenn Abid sich nach seiner ausdrücklichen Ankündigung etwas angetan hätte, würden sich die Medien auf uns einschießen, und der Staatsanwalt stände vor der Tür. Wir waren heilfroh, als Abid nach einem Tag in der Gummizelle bekundete, sich nun nicht mehr umbringen zu wollen, und der Anstaltspsychologe das für glaubhaft hielt.

XIX.

Strafvollzug ist auch die hohe Kunst, auf Zeit zu spielen. Endlich war Abids Haftzeit um, und wir konnten ihn entlassen. Endlich. Jeder Gefangene war mehr Symbolfigur als Individuum, und Abid war als ausländischer Gefangene gleich doppelt symbolisch überfrachtet. Ein vernünftiger Umgang mit ihm als Mensch und Individuum war kaum mehr möglich gewesen.

XX.

Fast zeitgleich verließ auch Dr. Müller die Anstalt und kam nicht zurück. Er war von einem Hafturlaub, dem wir ihm früher als üblich gewährt hatten, weil er so gut mit der Anstalt zusammenarbeitete, nicht zurückgekehrt. Nach und nach kam immer mehr über ihn ans Tageslicht. Die Staatsanwaltschaft war kurz vor der Einleitung eines neuen Ermittlungsverfahrens gegen ihn gewesen, weil er durch Strohmänner einen Anlagebetrug nach dem Schneeballsystem aufgezogen hatte. Auch viele Mitgefangene hatten über ihre Ehefrauen oder andere Angehörige Geld investiert, das sie nun nie wiedersehen würden. Offensichtlich hatte Dr. Müller alle getäuscht: die Strohmänner, seine Mitgefangenen und auch seine Familie, die weiter in Deutschland lebte, während er über alle Berge war. Die letzte Spur zu ihm war sein Flug nach Dubai.

XXI.

Es würde Monate oder Jahre dauern, bis wir die verkürzten Aufschlusszeiten und die anderen in letzter Zeit getroffenen Sicherheitsmaßnahmen langsam und unauffällig wieder zurücknehmen konnten. Die Gefahr, dass man es auf diese Rücknahme zurückgeführt hätte, wenn etwas passiert wäre, war einfach zu groß. Manches würden wir wohl auch gar nicht mehr zurücknehmen. Es hatte sich ja bewährt.

XXII.

Von Abid hörte ich nie wieder etwas. Die Polizei hielt ihn allerdings noch lange Zeit besonders im Auge. Irgendwie war er doch undurchsichtig …

Der schwule Konvertit

I.

Als Baris in Deutschland ankam und um Asyl bat, da wusste er noch nicht, was er alles tun musste, um einer Steinigung im Iran zu entgehen.

II.

Erst nach einigen Monaten erreichte er das langersehnte Ziel seiner Reise. Deutschland. Er hatte über einen Cousin, der schon vor Jahren nach Frankreich ausgewandert war, ein Besuchervisum bekommen. Der Cousin hatte sich verpflichtet, während der Dauer des Besuchs für ihn aufzukommen. So flog er nach Paris und fuhr von dort nach einigen Tagen Aufenthalt mit dem Zug nach Deutschland. Am Bahnhof fragte er einen Polizeibeamten, wo er Asyl beantragen könne, und so ging alles los.

III.

Sein Vater war ein strenggläubiger Moslem, da alles andere auch lebensgefährlich gewesen wäre. Er arbeitete als Schreiner, und war, wie seine Mutter, die sich um den Haushalt und um Baris kümmerte, nicht sehr gebildet. Baris empfand seine Kindheit und Jugend in dem kleinen Dorf als bedrückend und eng, wobei ihm das erst als junger Erwachsener so richtig klar wurde. Es gab zwei Grenzen, enge Grenzen, viel zu enge Grenzen, nach links und nach rechts, nach oben und unten, in denen er, wobei das wohl schon zu viel gesagt war, leben und sich entfalten konnte: Den Glauben und den Staat, die sich gegenseitig bestärkten.

Das schlimmste daran war für ihn, dass beide Grenzen nicht nur niemals überschritten werden durften. Sie durften noch nicht einmal hinterfragt, oder auch nur angedacht werden. So wurde es Baris gepredigt und vorgelebt. Vor allem sein Vater wirkte auf ihn wie fremdbestimmt, fast vollkommen fremdgesteuert. In ihm schien so viel mehr, und so viel anderes zu stecken als das, was er lebte. Aber vielleicht war das auch nur Baris' Sehnsucht. Das Essen, das Trinken, das Beten, die Wortwahl, die Kleidung, alles war durch Gebote oder Verbote gesteuert. Ja selbst die Gefühle. Baris' Vater lebte anscheinend fast nur für diese Ge- und Verbote, und er sorgte dafür, dass auch Baris sie einhielt, notfalls mit Gewalt.

Wenn Baris nicht das tat, was er nach dem Willen seines Vaters tun musste, wurde er von ihm mit einem gürtelartigen Lederriemen geschlagen. Auch diese Bestrafung erfolgte nach festen Regeln. Der Vater hatte einen eigenen Strafkatalog entworfen, der ähnlich formuliert war wie das islamische Gesetzbuch. Über jeden Straftatbestand in diesem Katalog hatte sein Vater einen Vers des Koran geschrieben, den er rezitierte, bevor er die Strafe an Baris exekutierte. Bestimmten Regelbrüchen hatte er eine Mindest- und Höchstzahl von Schlägen mit dem Lederriemen oder andere Strafen wie Hausarrest zugeordnet. Am häufigsten wurde Baris von seinem Vater gezüchtigt, weil er dessen Anweisungen nicht exakt Folge geleistet hatte: Wenn er ein paar Minuten zu spät vom Spielen mit den Nachbarskindern nach Hause kam. Wenn er heimlich den Fernseher eingeschaltet oder Popmusik gehört hatte. Wenn sein Zimmer nicht so aufgeräumt war, wie es ihm sein Vater befohlen hatte. In all diesen Fällen zitierte sein Vater:

»*Wer sich aber Allah und Seinem Gesandten widersetzt und Seine Grenzen überschreitet, den lässt Er in ein Feuer eingehen, ewig darin zu bleiben; und für ihn gibt es schmachvolle Strafe.*«

Sodann verkündete der Vater Baris feierlich, wie schwer der Verstoß gegen seine Weisungen war, und wie viele Schläge mit dem Lederriemen er dafür bekommen würde. Baris musste seinen Oberkörper frei machen, und sich mit dem Bauch Richtung Lehne setzen.

Baris' Mutter, die selbst ab und zu von ihrem Mann bestraft wurde, wartete während der Prozedur in der Küche der kleinen Dreizimmerwohnung, wo sie Baris nach überstandener Züchtigung eine selbst hergestellte Salbe auf die roten, manchmal blutenden Striemen schmierte. Meist tränten seine Augen, aber richtig schluchzen oder gar schreien durfte er nicht. Sein Vater hatte ihm längst eingeprügelt, dass er seine Strafe annehmen müsse, nur dann könnte seine Verfehlung gesühnt werden. Und wenn er schrie oder weinte, dann musste ihn sein Vater wieder züchtigen, bis er damit aufhörte.

»*Und wer nach seiner Übertretung bereut und gottgefällig Gutes tut, von dem wird Allah zweifellos die Reue annehmen. Gewiss, Allah ist allvergebend, allgnädig.*«

Nur das Tränen der Augen konnte durch keine Strafe der Welt gestoppt werden, und das schien auch sein Vater zu akzeptieren. Mit zunehmendem Alter drohte er ihm allerdings auch damit, ihn den staatlichen Behörden zu übergeben, wenn er sich z. B. mit einem Mädchen einließ. Davor hatte Baris Todesangst. Sein Vater hatte ihn einmal zu einer öffentlichen Steinigung in einem Nachbarort mitgenommen. Ein junger Mann wurde dort gesteinigt, weil er angeblich eine außereheliche Beziehung unterhalten hatte. Auch hier lief alles nach festen Regeln ab. Sogar die Größe der Steine war festgelegt. Sie durften nicht so groß und schwer sein, dass der Mann beim ersten Treffer an seinen Kopf starb, und nicht so klein, dass die Steine ihn gar nicht töten konnten. Baris vergaß diese Bilder nie. Wie der junge Mann, ganz in weiß gehüllt, bis zur Hüfte eingegraben, die Hände auf den Rücken gefesselt, bei den ersten Treffern noch stöhnte und schrie, bis sein Kopf schließlich nach vorne hing und sich das weiße Leinentuch blutrot färbte. Das also würde ihm passieren, wenn er sich mit einem Mädchen einließe.

Die Tatsache, dass er mit beginnender Pubertät versuchte, jegliche sexuellen Triebe zu unterdrücken, als hätte er sich selbst bis zur Hüfte eingegraben und bewegungsunfähig gemacht, um das Eingraben und Steinigen durch andere zu verhindern, wurde ihm erst viel später bewusst. Auch die Wut auf seinen

Vater spürte er erst jetzt, als er in Deutschland langsam zu sich gekommen war. Seine Eltern hatten ihm immer gesagt, dass der Vater ihn nie züchtigte, weil er es wollte, sondern weil er es musste. Er hätte die Mühe und oft auch die Qual der Bestrafung auf sich genommen, weil er ihn, Baris, liebte, und weil er, Baris, sonst die ungleich härtere Strafe Gottes gespürt hätte.

So hatte es Baris immer verstanden und versucht zu glauben, weil er es nicht anders glauben konnte. Denn wenn er es nicht geglaubt hätte, dann hätte er seinen Vater, den er doch als Kind so dringend brauchte, hassen müssen. Und eigentlich auch seine Mutter. Das ging erst jetzt, sehr langsam, sehr zaghaft, aber doch zunehmend bewusster. Mit Hilfe des zeitlichen Abstands, der räumlichen Trennung und der neuen Menschen um ihn herum, die ihm eine neue Perspektive eröffnen konnten.

IV.

Baris' Asylantrag wurde etwa eineinhalb Jahre, nachdem er in Deutschland angekommen war, abgelehnt. Ich lernte ihn kennen, als er in meine Kanzlei kam, um mich zu beauftragen, gegen die ablehnende Entscheidung des Bundesamts Klage zu erheben. Dies tat ich, womit wir bis zum rechtskräftigen Abschluss des Verfahrens zumindest weitere eineinhalb oder zwei Jahre gewinnen würden, in denen Baris nicht ausreisen musste.

V.

Als Baris achtzehn wurde, hätte er eigentlich seinen zweijährigen Wehrdienst ableisten müssen. Seine Mutter jedoch kam aus einer wohlhabenden Familie und zahlte die fünfzehntausend US-Dollar, mit denen man sich vom Militärdienst freikaufen konnte, an die Revolutionsführer. Baris dagegen sollte nach Teheran kommen, um dort zu studieren.

VI.

»Ich habe sie im Studentenwohnheim zum ersten Mal gesehen. Sie hatte Sozialwissenschaften studiert, ich Elektroingenieurwesen. Männer und Frauen waren im Wohnheim streng getrennt, aber manchmal sind wir uns auf dem Gang oder am Eingang begegnet. Sie war sehr hübsch und trug manchmal keinen Schleier. Überhaupt trugen viele der Frauen keinen Schleier, ganz anders als bei uns auf dem Dorf. Ich … ich war allgemein sehr durcheinander. Also jedenfalls, irgendwann haben Elisha und ich uns unterhalten, und ich habe mich in sie verliebt. Wobei ich glaube, ich war schon vorher in sie verliebt. Seit ich sie das erste Mal gesehen habe.«

Ich lächelte ihm aufmunternd zu, weil er so niedergeschlagen wirkte, aber das schien ihn nur noch stärker zu deprimieren.

»Und dann habe ich mich eines nachts hinüber in den Frauenbereich geschlichen, und sie hat mich in ihr Zimmer gelassen. Und dann habe ich … ich habe mit ihr … also wir haben …«

Ich wollte ihm helfen. »Sie haben mit ihr … äh …«

»Ja.«

»Aber das ist doch schön!«

Er schüttelte traurig den Kopf. »Nein. Es war ihr Todesurteil. Und meines auch.«

VII.

»Todesurteil? Warum denn das?«

»Ihr Vater war ein hoher Geistlicher und Mitglied im Wächterrat. Das ist eine Art iranisches Verfassungsgericht. Das wusste ich nicht. Sie hat es mir auch nicht gesagt. Niemand im Wohnheim wusste es.«

»Und ihr Vater hat von ihrer Liaison erfahren?«

»Ja, genau. Einer der angeblichen Hausmeister des Wohnheims war wohl in Wirklichkeit ein Angestellter ihres Vaters. Er hat eine Kamera auf dem Gang versteckt. Und auf der Aufnahme konnte man sehen, wie ich abends in das Zimmer hineinging und erst morgens wieder hinauskam.«

»Und woher wissen Sie das von dem falschen Hausmeister und der Kamera?«

»Die Frau des Geistlichen hat uns gewarnt. Ihr Mann hätte schon seine Leute losgeschickt, und wenn die uns erwischt hätten, wäre das unser sicherer Tod gewesen. Wir wären gesteinigt worden.« Baris starrte vor sich hin, und schüttelte wieder den Kopf. »Und sie wäre im Gefängnis vergewaltigt worden. Wissen Sie, dass dort manchmal die Gefängnisgeistlichen inhaftierte Frauen zwangsverheiraten, damit sie dann von Gefängniswärtern vergewaltigt werden können?«

»Nein, um Gottes Willen, warum denn das?«

»Weil Jungfrauen nicht hingerichtet werden dürfen.«

»Aber Ihre Freundin war doch nicht mehr …«

»Nein, aber ich wollte Ihnen das nur erzählen, damit Sie sehen, was wir dort für ein sogenanntes Rechtssystem haben. Es ist zutiefst unmenschlich, aber alles wird religiös begründet.« Er wirkte jetzt zum ersten Mal in diesem Gespräch nicht traurig, sondern wütend.

»Warum wollte ihr Vater das überhaupt wissen, ob sie Kontakt mit Männern hatte, oder nicht? Hätte er sie doch einfach in Ruhe gelassen. Fast alle jungen Leute in den Wohnheimen haben außerehelichen Verkehr. Das stört niemanden, solange es im Verborgenen passiert. Und wenn die Frauen dann irgendwann heiraten wollen, lassen sie sich das Hymen einfach wieder herstellen. Warum hat ihr Vater es nicht auch einfach im Verborgenen gelassen? Aber er wollte es wissen, und weil er es wusste, musste er etwas unternehmen, und uns bestrafen. Allzu viel Wissen verursacht doch oft nur Schaden und Schmerz!«

»Hmm … Ich denke eher, dass Schaden und Schmerz entstehen, wenn das Wollen der menschlichen Realität widerspricht. Das Wissen steht zwischen beiden, zwischen Wunsch und Wirklichkeit, und es kann im besten Fall vermitteln. Noch aber soll anscheinend das Wissen im Iran unterdrückt werden, so weit es geht. Brutal unterdrückt. Was haben Sie gemacht, nachdem die Mutter Ihrer Freundin Sie gewarnt hatte?«

»Wir haben uns bei Freunden in deren Wohnung versteckt. Und dann hat mich meine Mutter gewarnt, dass auch mein Vater von dem Wächterrat informiert worden ist. Da wurde mir endgültig klar, dass wir aus dem Iran fliehen müssen. Meine Mutter hat dann das Visum für uns nach Frankreich organisiert. Dort haben meine Freundin und ich uns getrennt. Ich weiß nicht, wo sie jetzt ist.«

»Warum haben Sie sich denn getrennt? Wollten Sie nicht zusammenbleiben?«

Er dachte einen Moment nach. »Nein. Irgendwie hat uns das Ganze nicht zusammengeschweißt, sondern auseinandergebracht. Wir beide gerieten in Todesgefahr, und mussten unsere Heimat verlassen, und das nur, weil wir mit dem anderen zusammen waren. Ich glaube, jeder von uns beiden hat seine Wut über das alles auch auf den anderen gerichtet.«

VIII.

Ich musste ihm sagen, dass seine Klage aus meiner Sicht keine allzu große Aussicht auf Erfolg hatte. Das Bundesamt hatte in seinem negativen Bescheid ausgeführt, dass er keine Belege für die Glaubhaftigkeit seiner Geschichte vorlegen könne. Einen offiziellen Haftbefehl oder ähnliches gab es nicht. Auch könne Baris ja irgendwo im Iran untertauchen, wo ihn weder sein Vater noch der Vater seiner damaligen Freundin je finden könnten. Ich hielt es für wahrscheinlich, dass das Gericht das ähnlich beurteilen würde, auch wenn Baris immer wieder darauf hinwies, dass Gefangennahme und Hinrichtungen auch außerhalb des offiziellen Justizverfahrens stattfanden, wenn sie von religiösen Führern wie dem Vater seiner Partnerin angeordnet wurden. Er konnte aber keine Belege vorbringen, dass ihm ein solches Verfahren drohte, und da er keinen Kontakt mehr zu seiner ehemaligen Freundin hatte, konnte diese auch nicht als Zeugin aussagen. Auch zu seiner Mutter hatte Baris keinen Kontakt mehr. Es wäre zu riskant gewesen. Wenn sein Vater das mitbekäme, würde er seine Ehefrau brutal bestrafen. Baris wurde zunehmend verzweifelt. Er hatte tatsächlich Todesangst vor einer Rückkehr in den Iran. Aber was tun?

IX.

Als sie zusammen in die Kanzlei kamen, war gleich zu spüren, dass sie ein Paar waren, auch wenn sie nicht Hände hielten. Er hatte sie angekündigt als eine ehrenamtliche Flüchtlingshelferin, die ihm aber offenbar genauso wenig helfen konnte wie ich.

»Es muss doch einen Weg geben, dass er hierbleiben darf! Er würde im Iran getötet werden, grausam getötet!« Sie nahm seine Hand, als wolle sie damit signalisieren, dass sie, wenn es nötig wäre, auch mit ihm in den Tod ginge.

Ich versuchte, wie in so vielen Fällen, zu beruhigen, so gut es eben ging. »Ja, wir haben das dem Gericht schon alles schriftlich vorgetragen, und werden dies auch in der mündlichen Verhandlung tun. Das Problem ist eben, dass wir nichts schriftlich haben. Aber wir geben unser bestes, und eine Chance gibt es immer!«

Sie schüttelte wissend den Kopf. Offenbar engagierte sie sich schon länger für Flüchtlinge. »Ich weiß doch, wie das läuft. Wenn es keine schriftlichen Belege gibt, wird es nicht geglaubt. Und Chancen, Schutz zu bekommen, haben Iraner doch eigentlich nur …« sie hielt kurz inne und sah Baris an »… wenn sie schwul sind, oder zum Christentum konvertieren.«

Ich gab ihr Recht. »Das stimmt, ja. Homosexuellen und Menschen, die sich vom Islam abwenden, droht im Iran auch ganz offiziell die Todesstrafe. Aber das ist ja bei Baris alles nicht der Fall, und ich kann nur davor warnen, falsche Angaben zu machen, um ein Aufenthaltsrecht zu bekommen. Das wäre strafbar!«

Baris schwieg weiter vor sich hin. Seine neue Freundin sprach für ihn. »Woher wollen Sie das wissen, dass er weder homosexuell ist, noch sich vom Islam abgewandt hat?«

»Ich … äh … na ja, wissen kann ich es natürlich nicht, aber …«

»Sehen Sie!«, unterbrach sie mich triumphierend. »Und schriftliche Belege gibt es ja wohl auch nicht dafür, dass er nicht schwul ist!« Offenbar hatte sie wieder Hoffnung gefasst. Sie tätschelte seine Hand, die sie während des gesamten Gesprächs nicht losgelassen hatte. »Komm, Baris. Wir schaffen das schon!«

X.

In den nächsten Monaten tauchte Baris mit immer neuen Helfern und Betreuern in der Kanzlei auf. Ein Herr mit grauem Trenchcoat, der sich als Vorstand des Bundes für Geistesfreiheit vorstellte, fragte mich, ob Baris im Iran auch dann Gefahr liefe, hingerichtet zu werden, wenn er sich von jeglichem religiösen Glauben lossagte, oder ob es dafür notwendig sei, dass er sich zum Christentum bekenne. Letzteres wiederum könnten er und sein Verein nicht unterstützen, da sie für einen konfessionslosen und ideologiefreien Humanismus einträten.

Ein andermal erschien Baris mit zwei anfangs übertrieben freundlichen Damen, die sich als Mitglieder einer Freikirche herausstellten. Sie überreichten mir stolz ein Dokument, aus dem hervorging, dass Baris von ihrer Freikirche getauft wurde und den Namen Johannes bekommen hätte. Ich musste Baris und die beiden Damen darauf hinweisen, dass das Gericht einem rein formalen Übertritt zum christlichen Glauben wenig Bedeutung beimessen würde, und dass dies wohl für Baris nicht ausreichen würde, um Asyl zu bekommen. Sie fühlten sich als Mitglieder einer Freikirche angegriffen, wurden genauso übertrieben ungehalten, wie sie anfangs übertrieben freundlich gewesen waren, und brachten eine Klage vor dem Bundesverfassungsgericht und dem Europäischen Gerichtshof für Menschenrechte ins Spiel, wenn ihre Taufe nicht in gleicher Weise anerkannt werde wie die der beiden, wie sie es nannten, »Staatsreligionen«. Da sie noch nicht einmal meine geringe Beratungsgebühr zahlen wollten, war ich ganz froh, als sie bald wieder gingen.

Wenige Wochen später kam Baris mit einem Paar in die Kanzlei. Der Mann mochte vielleicht sechzig, die Frau fünfzig Jahre alt sein. Sie stellten sich als Ehepaar vor, dessen Ehe leider kinderlos geblieben sei. Sie sähen es deshalb als ihren christlichen Auftrag an, jungen Menschen in Not zu helfen. Zum Beispiel Flüchtlingen wie Baris. Der ältere Herr zog ein Buch aus seiner Aktentasche, und hielt es mir vor die Nase: »Katechismus der Katholischen Kirche.« Er legte es vor Baris auf den Schreibtisch, und alle drei blickten andächtig darauf. »Das werden wir mit dir in den nächsten Monaten durchgehen, Baris. Und dann wirst du ordentlich auf die katholische Taufe vorbereitet.« Der ältere Herr blickte nun Baris fest in die Augen, und seine Stimme nahm einen angsteinflößenden pastoralen Klang an. »Und wir wollen nie die Worte der heiligen Schrift vergessen, Baris: Aber ihr, die ihr den Herrn verlasst, meinen heiligen Berg vergesst und einem fremden Gott opfert, will ich mit dem Schwert zähmen. Ihr müsst euch zur Schlachtung hin knien, weil ihr nicht geantwortet habt, als ich rief …«

Ich konnte keine Ironie im Gesicht des Mannes erkennen, aber das Ehepaar bezahlte Baris' ausstehende Gebühren bei mir, und wurde mir damit wieder etwas sympathischer. Wie es mit seiner Ausbildung zum katholischen Glauben weiterging, konnte ich allerdings schlecht beurteilen, denn beim nächsten Mal erschien Baris nicht mit dem Ehepaar, sondern einem älteren Herrn um die siebzig, der sich mir als pensionierter Schuldirektor vorstellte. Er sei Zeit seines Lebens eingefleischter Junggeselle gewesen, und kümmere sich ehrenamtlich um junge Männer, denen eine Vaterfigur fehle. Er fragte mich, ob es asylrechtlich von Vorteil sei, dass Baris sich so hervorragend integriert hätte. Er sprach inzwischen sehr gut Deutsch, gab ehrenamtlich Tischtenniskurse für andere Flüchtlinge und Deutsche, und verrichtete seit Jahren zuverlässig seine Arbeit in einer Bäckerei, für die er jeden Morgen um halb vier aufstehen musste.

Ich musste ihm und dem pensionierten Schuldirektor mitteilen, dass derartige Integrationsbemühungen asylrechtlich eher kontraproduktiv wären. Je fähiger, gebildeter und engagierter jemand ist, desto eher wird ihm zugetraut, dass er auch unter schwierigen Bedingungen in seinem jeweiligen Heimatland wieder auf die Beine kommt.

XI.

In aller Regel legten die Mandanten und ich uns vor der mündlichen Verhandlung vor Gericht eine Strategie zurecht. Mit Baris war das anders. Er hatte offenbar seine eigene Strategie, in die er mich nicht vorab einweihte, worüber ich, im Nachhinein gesehen, auch sehr dankbar war.

XII.

Als wir etwa eineinhalb Jahre nach Erhebung der Klage die Ladung zur mündlichen Verhandlung bekamen, kannte sich Baris im Asylrecht wohl ebenso gut aus wie ich. Dennoch wollte er, dass ich ihn zu dem Termin begleitete, da er große Angst vor Gerichten und staatlichen Behörden hatte. Vor dem Hintergrund seiner Erfahrungen im Iran war das für mich auch nicht weiter verwunderlich.

Seine fast panische Aufregung war deutlich zu spüren, als wir nebeneinander vor der Richterbank standen. Endlich öffnete sich die Tür des Richterzimmers. Heraus kam eine Frau. Die Richterin. Für mich war das nicht überraschend, ich kannte sie ja. Aber als ich seine fassungslosen Augen und den geöffneten Mund sah wurde mir klar, wie überraschend das für ihn sein musste. Eine Frau als Richterin! Im Iran war das so undenkbar, wie es für uns undenkbar wäre, wenn ein Kind als Richter auftreten würde. Nach der Verhandlung erzählte er mir, dass ihn noch etwas sehr verwirrt hätte. Die Richterin war freundlich! Auch das war für ihn bis dato undenkbar gewesen.

Nach den üblichen Fragen der Richterin, wo Baris im Iran gelebt hatte, warum er geflohen war und wie er nach Deutschland gekommen war, dachte ich eigentlich, dass die Sache damit erledigt sei. Doch die Richterin fragte Baris, ob er noch irgendetwas sagen wollte, was aus seiner Sicht von Relevanz für das Asylgesuch sein könne. Und da legte Baris los. Zunächst schilderte er ausführlich seine Konversion zum Christentum, die kurz vor der mündlichen Verhandlung mit der katholischen Taufe gekrönt worden war. Die Taufurkunde, die Baris aus seiner Aktentasche hervorzog, sah auch ich zum ersten Mal. Während er nach vorne zu der Richterin ging, um ihr die Urkunde vorzulegen, rezitierte er in perfektem Deutsch seinen Taufspruch:

»Leite mich in deiner Wahrheit und lehre mich! Denn du bist der Gott, der mir hilft.«

Offenbar war allerdings die Richterin in Glaubensfragen sehr bewandert, und stellte Baris Fragen, die ich zum Teil niemals hätte beantworten können. Wie die Namen der zwölf Apostel und die zehn Gebote lauteten, waren noch die einfacheren Fragen. Baris konnte sie alle beantworten. Irgendwann schienen auch der Richterin keine Fragen mehr einzufallen, und sie wollte die Verhandlung schließen. »Wenn dann niemand mehr etwas …« Da meldete sich Baris: »Eine Sache hätte ich noch.«

»Ja, bitte!«

»Ich bin homosexuell.«

Nun wurde die freundliche Richterin nachvollziehbarer Weise etwas ungehalten. »Also das ist nun nicht sehr glaubhaft. Das ist jetzt das erste Mal, dass Sie das vortragen! Sie haben es weder dem Bundesamt bei Ihrer Anhörung gesagt, noch im schriftlichen Verfahren hier vor Gericht erwähnt!«

»Das stimmt, Frau Richterin. Ich habe mich geschämt. Und als ich kurz nach meiner Ankunft in Deutschland die Anhörung beim Bundesamt hatte, wusste ich nicht, ob Homosexualität hier in Deutschland genauso hart bestraft wird wie im Iran.«

»Aber Sie sind jetzt seit über drei Jahren in Deutschland, und können gut Deutsch. Sie wollen mir doch nicht erzählen, dass Sie in der Zwischenzeit nicht mitbekommen hätten, dass Homosexualität in Deutschland nicht strafbar ist? Ich sage es Ihnen ganz offen: Ich denke, dass Sie diese Begründung nun nachgeschoben haben, um hier als Flüchtling anerkannt zu werden, weil Sie ganz genau wissen, dass Sie darauf als Homosexueller größere Chancen hätten! Und das widerspricht auch noch genau Ihrer ursprünglichen Geschichte, wonach Sie angeblich in Gefahr wären, weil Sie den außerehelichen Geschlechtsverkehr mit der Tochter eines hohen iranischen Geistlichen vollzogen hätten! Ich weise Sie ausdrücklich darauf hin, dass Sie sich strafbar machen können, wenn Sie hier bewusst solche Unwahrheiten verbreiten!«

Die Richterin sah mich auffordernd an, und ich wollte gerade etwas entgegnen, als Baris seinen größten Trumpf aus dem Ärmel zog. »Frau Richterin, ich habe versucht, von meiner Homosexualität loszukommen, aber ich habe es nicht geschafft. Ich habe es mit Frauen versucht, eben auch mit der Frau im Iran, aber es klappt auf Dauer einfach nicht. Und jetzt bin ich erstmals richtig verliebt, und bitte Sie, meinen Partner als Zeugen für meine Homosexualität zu hören.«

Die Richterin sah mich genervt an, doch ich konnte nur mit den Achseln zucken. Ich hörte das alles auch zum ersten Mal. »Dann verzögert sich das ganze Verfahren erheblich. Wir müssen einen Fortsetzungstermin vereinbaren, zu dem ich dann Ihren Partner als Zeugen laden kann.«

»Er steht draußen vor der Tür, und wäre bereit, jetzt schon auszusagen.«

»Na gut, dann holen Sie ihn mal herein.«

Baris verließ den Raum, und kam zurück mit dem pensionierten Schuldirektor. Dieser stellte sich als Leitender Studiendirektor außer Dienst vor, und wurde nach Aufnahme seiner Personalien zur Sache vernommen. »Baris und ich haben seit etwa drei Monaten eine feste Beziehung. Unser letzter sexueller Kontakt fand vor etwa einer Stunde hier im Gericht statt. Auf der Besuchertoilette.«

XIII.

In Asylsachen wusste ich für gewöhnlich spätestens nach der mündlichen Verhandlung, wie das Urteil ausfallen würde, auch wenn es meist erst einige Wochen später im schriftlichen Verfahren erging. Entweder war die Sache ohnehin klar, oder das Gericht deutete in der mündlichen Verhandlung an, in welche Richtung es voraussichtlich entscheiden werde. Hier war das anders. Die Richterin schien am Ende der Verhandlung genauso unschlüssig zu sein wie ich und kündigte an, dass es einige Zeit dauern könnte, bis sie ein Urteil fällen würde.

XIV.

Fast zwei Monate später. Ich saß im Bus, auf der Rückfahrt von einem Gerichtstermin. Es war früher Nachmittag, der Bus war voll von Jugendlichen, die laut miteinander redeten und lachten. Als ich auf dem Handy die Nummer meiner Kanzlei sah, wollte ich zunächst nicht drangehen. Irgendein dringendes Problem mal wieder, dachte ich. Nach einigen Klingeltönen überlegte ich es mir anders. Es half ja ohnehin nichts, ich musste es hinter mich bringen.

Es war meine Sekretärin. »Wir haben es geschafft! Baris ist als Flüchtling anerkannt, er ist in Sicherheit!«

Ich schwieg einige Sekunden, und sah hinaus auf die Straße, auf der sich der Gegenverkehr in Schrittgeschwindigkeit voranbewegte. Jedes Auto schien, gedrängt vom Hintermann, den Druck an das Auto vor ihm weitergeben zu wollen. Die Jugendlichen um mich herum redeten und lachten weiter unbeschwert, als wäre nichts passiert. Auch der Bus fuhr langsam weiter. Für Baris aber war viel passiert: sein langer Weg, sein harter Kampf um die Freiheit. Die Angst, die Wut, die Entbehrungen, die Ungewissheit. Die Lügen.

Alles, was ich über ihn einigermaßen sicher wissen konnte, war, dass er aus dem Iran kam. Er hatte in Deutschland als einer der wenigen Asylsuchenden seinen Ausweis vorgelegt. Ob er homosexuell und Christ war, konnte nur er selbst wissen, aber mit einer Freundin oder in einer Moschee durfte er sich öffentlich nicht mehr sehen lassen, wenn er nicht riskieren wollte, dass ihm der Flüchtlingsstatus wieder entzogen würde. Ich hoffte für ihn, dass es ihm das wert war.

Die kleine Kneipe in unserer Straße

I.

Irgendwie sah der ältere dürre Mann, der an diesem heißen Sommernachmittag an dem Stehtisch vor dem Eingang stand und die Asche seiner Zigarette auf den Boden fallen ließ, obwohl sich ein Aschenbecher auf dem Stehtisch befand, ein bisschen wie Fidel Castro aus. Er trug ein altes Baseballcap und einen abgewetzten, in die Jahre gekommenen Jogginganzug aus Polyester. Sein strubbelig grauer Vollbart, der sich in dem rot verbrannten Gesicht fast ganz auszubreiten schien, wirkte, als sei er seit sehr langer Zeit nicht gestutzt worden. Das fast quadratische Gebäude, vor dem er stand, bestand nur aus einem Geschoss und war so klein, dass sich darin lediglich ein größerer Raum und allenfalls noch ein kleiner Nebenraum befinden konnte. Es war ein einfacher Betonbau mit Ockerrot gestrichener Farbe, die an einigen Stellen schon abblätterte. Über der Holztür am Eingang prangte ein bläuliches Blechschild, auf dem die großen, weißen Buchstaben kaum noch zu lesen waren: »Bayerisches Bräustüberl«. Neben dem Gebäude befand sich zwischen zwei Biertischen eine Biergartenbank und ein alter, vergilbter und schmutziger Sonnenschirm mit dem Logo einer Biermarke. Auf der Bank lagen wahllos verstreut ein paar angerissene und geknickte Bierdeckel. Im verrosteten Fahrradständer neben dem Eingang standen zwei ebenso verrostete alte Damenräder. Der Zigarettenautomat an der Wand neben der Tür schien nicht mehr befüllt zu werden und war über und über mit Graffiti verschmiert.

Diese winzige Kneipe lag an einer vielbefahrenen Ausfallstraße, einige Kilometer außerhalb des Zentrums der Großstadt. Hinter ihr, in nur wenigen Metern Entfernung, ragte wie eine riesige Mauer ein fünfzehngeschossiges Hochhaus empor, als gesichtsloser Baustein einer schier endlosen anonymen Kette von Hochhäusern, die die Ausfallstraße säumten. Gegenüber ergab sich fast das identische Bild, nur dass hier die Häusermauer durch eine quadratische Betonkirche durchbrochen wurde. Die Straße wirkte insgesamt wie ein Fluss, der sich durch riesige Felsen gezwängt hatte, und auf dem die Bewohner der Hochhäuser Stunde für Stunde, Tag für Tag, Jahr für Jahr den Strom von Fahrzeugen beobachten konnten, der in die Stadt hinein und aus der Stadt heraus strömte. Einige flüchtige Wolken erschienen jetzt am Himmel, und es fing an leicht zu regnen.

Die Zigarette des Mannes war ausgeraucht. Dennoch blieb er an seinem Platz, als würde er Wache halten.

II.

Ein etwa zehnjähriges Mädchen wurde mit einer Fahrtrage vom Krankenwagen in die Notaufnahme des örtlichen Krankenhauses gebracht. Selbst für Schwestern und Pfleger, die täglich Schlimmes zu sehen bekamen, war ihr Anblick offenkundig schwer auszuhalten. Sie war bewusstlos oder schon tot. Leichenblass. Der Notarzt und die Rettungssanitäter hatten dem Mädchen beide Unterarme vom Handknöchel bis zum Ellenbogen dick verbunden. Der ursprünglich hellweiße Verband war getränkt vom Blut, das auch das gelbe Shirt und die dunkle Hose des Kindes über und über besudelt hatte.

III.

Da öffnete sich die Tür des Bayerischen Bräustüberls. Vier Männer kamen heraus. Sie mochten zwischen vierzig und fünfzig Jahre alt sein. Vielleicht auch älter oder jünger, das war schwer einzuschätzen. Sie wirkten extrem ungepflegt. Ihre Bärte wucherten wild in den Gesichtern, und sie sahen nicht so aus, als wären sie jemals bei einem Friseur gewesen. Einer von ihnen war offensichtlich direkt von der Arbeit gekommen. Er trug eine grüne Latzhose mit großen, weißen Farbflecken und zahlreichen kleinen Rissen und Löchern. Die anderen Männer schienen keine Arbeit zu haben. Sie trugen völlig heruntergekommene, viel zu große und mehrfach umgekrempelte Jeans und ärmellose, fleckige Shirts, die zum Teil den Blick auf die hervorquellenden Bierbäuche freigaben. Sie stellten sich zu dem Dürren an den Tisch, und jeder von ihnen zündete sich eine Zigarette an. Die Tür öffnete sich erneut, und eine kleine, korpulente Frau mittleren Alters, mit blond gefärbtem Haar und großem Ausschnitt, der über dem rechten Busen einen auftätowierten Teufel mit Dreizack erkennen ließ, brachte auf einem Tablett fünf Gläser Bier.

Der Dürre zwinkerte ihr zu. »Na, die Angie weiß, was wir Männer brauchen, was?«

Die Blonde stellte jedem sein Bier an den Stehtisch, wischte sich die Finger an ihrer Schürze ab und lachte kokett.

»Joa, waast eh, hier geht's eich immer gut! Lasst's eich schmecka!«

Der Mann mit der Latzhose schlug sich einige Male demonstrativ mit der flachen Hand auf den Bauch. Als er anfing zu sprechen konnte man sehen, dass er mehrere große Zahnlücken hatte. »Und hier? Wie sieht's hier mit aus? He?«

Angie nickte ihm freundlich zu. »Ah geh, du scho wieda, Horsti! Wos derfs denn sei?«

»Was hast'n heut?«

»Spezialität aus meiner Heimat. Wiener Würschtl, mit Semmel.«

»Na gut. Bist so gut, bringst mir zwei Paar.«

»Olles kloar. Sonst no einer?«

Die anderen schüttelten den Kopf. Sie ging wieder hinein, und die Männer prosteten sich zu. Es hatte wieder aufgehört zu regnen, und die Sonne verschwand langsam hinter dem Hochhaus, das lange Schatten auf die Kneipe und ihre Gäste warf. Es war Spätsommer aber immer noch sehr warm. Der Verkehr auf der Straße war nun noch dichter geworden, viele Berufspendler fuhren aus der Stadt heraus. Der Schweiß rann den Männern über ihre erhitzten Gesichter, und sie tranken ihr Bier in großen Zügen, wie um den Verlust der Flüssigkeit sofort zu kompensieren. Sie redeten nicht viel, sondern beobachteten den Verkehr.

IV.

Sie konnten das Leben des Mädchens, das Leila hieß, retten. Es kam ihnen etwas merkwürdig vor, dass ihre Eltern, die sich als Asylbewerber aus dem Irak herausstellten, nur alle paar Tage zu Besuch kamen, und immer nur zu zweit. Vater und Mutter. Der Vater schien irgendwie wütend auf seine Tochter zu sein, die sich mit zahlreichen Schnitten in ihre Unterarme mit einer Rasierklinge selbst hatte umbringen wollen. Die Mutter sprach kein Wort, weder zu ihrem Mann, noch zu ihrer Tochter. Sie wirkte wie versteinert, und ihre aschfahle Haut sah im Kontrast zu dem schwarzen Kopftuch wie weiß geschminkt aus.

Leila selbst sprach ebenfalls mehrere Wochen lang überhaupt nicht. Erst als einer der Krankenpfleger seine Ehefrau, eine Psychologin aus dem Irak, bat, mit Leila zu reden, fing sie sehr, sehr langsam wieder an zu sprechen. Nach und nach gelang es der Psychologin, den Hintergrund ihrer Familie herauszufinden. Ihre Eltern lebten mit Leila und ihren drei jüngeren Geschwistern zusammen in einem großen Zimmer im Asylbewerberheim. Eine Sozialarbeiterin, die regelmäßig nach der Familie sah, hatte die Tochter bewusstlos im Bett liegend gefunden. Die Eltern hatten ihre Unterarme notdürftig verbunden. Die Sozialarbeiterin hatte sofort den Notarzt alarmiert, und damit das Leben des Mädchens gerettet. Es dauerte jedoch noch ein paar weitere Wochen, bis man herausfand, was tatsächlich passiert war.

V.

Während die Männer ihr Bier tranken und schweigend den Verkehr beobachteten, näherte sich ein Herr mit Aktentasche, der an der etwa hundert Meter entfernten Bushaltestelle ausgestiegen war, gemächlichen Schritts der Kneipe. Er trug Sportsandalen und unter seiner grauen Mehrzweckweste ein orangefarbenes, völlig durchgeschwitztes Kurzarmhemd, das über die beige Jeanshose herabhing. In seiner rechten Hand hielt er ein weißes Seidentaschentuch, mit dem er sich alle paar Sekunden über die schweißnasse Stirn fuhr. Als er bei den Männern am Stehtisch angekommen war, stellte er seine Aktentasche auf den Boden, nahm seine Brille von der Nase, und putzte sie mit dem Taschentuch. »Man, ist das eine Hitze heut' wieder, was?« Aufmunternd sah er in die Runde.

Eher widerwillig freundlich nickte ihm der Dürre zu, während die anderen fast ängstlich an ihren Gläsern Halt suchten. Der Mann hatte inzwischen seine Brille wieder aufgesetzt. Angie kam heraus und brachte dem Mann mit der Latzhose Wiener Würstchen, und allen ein neues Bier.

»Da ist ein kühles Helles genau das richtige, oder?«, sagte der Mann mit der Aktentasche, aber Angie tat so, als würde sie ihn nicht bemerken, und ging wieder hinein.

Dennoch war es offensichtlich, dass der Besucher nicht gleich wieder gehen wollte. Die anderen schienen ihn schon zu kennen. Sie waren nicht neugierig, wer er war. Wahrscheinlich stieg er immer an dieser Bushaltestelle aus, und wahrscheinlich war er auf seinem Weg nach Hause schon öfter den Männern vor der Kneipe begegnet.

Die Tür ging erneut auf. Es kam ein etwa fünfzigjähriger, dünner Mann heraus, der ausländisch aussah. Er mochte Iraker oder Syrer sein. Sein volles, kurz geschnittenes Haar war pechschwarz. Er trug einen ebenso schwarzen Schnurrbart, wie er in Deutschland längst aus der Mode gekommen war. Seine Haut, von Natur aus braun, war blass. Er war kaum größer als das vielleicht zehnjährige hübsche Mädchen, das hinter ihm ging. Mit seinen glasigen, leeren Augen und seinem unsicheren, schwankenden Schritt wirkte er betrunken. Aus der äußeren Brusttasche seines grauen, deutlich zu weiten Anzugs hing eine der billigen Brillen, die es an Tankstellen zu kaufen gibt.

Das Mädchen schlich verschüchtert hinter ihm her. Ihr schulterlanges, braunes Haar war aufgewühlt wie nach einer Rauferei, und ihr Lidschatten hatte sich mit ihrem übrigen Make-up, das eher zu einer erwachsenen Frau gepasst hätte, vermischt. Ihre großen, verweinten Augen starrten stur und mit der Art von Trauer auf den Boden, wie sie entsteht, wenn man eingesehen hat, dass jede Angst sinnlos geworden ist. Als hätte sie es akzeptiert, dass eine fürchterliche Strafe drohte, wenn diese Augen irgendetwas anderes sahen als eben diesen Weg im Rücken des Mannes. Die beiden gingen wie eine winzige Prozession, an den Männern vorbei, ohne ein Wort zu sagen oder ihnen auch nur einen Blick zuzuwerfen, und bogen dann in Richtung des Hochhauses ab.

Die Männer sahen ihnen nach, und der Besucher mit der Aktentasche sagte: »Ja sowas! Internationales Publikum habt ihr hier!«

Der Mann mit der Latzhose grinste, so dass in einer seiner Zahnlücken ein steckengebliebenes Stück Würstchen zu sehen war. »Na ja, ihr lasst ja so viele von denen rein!«

»Das Bundesamt lässt sie rein. Ich bin bei der Ausländerbehörde, wir weisen sie höchstens wieder aus!« Der Mann hatte seine Brille gesäubert und setzte sie sich wieder auf die Nase. »Kennt ihr den?«

»Wen?«, fragte der Dürre.

»Na, den Mann, der da gerade mit seiner Tochter raus ist.«

Die Männer sahen sich an. »Hmm…« sagte der Dürre. »Kennen ist zu viel gesagt. Kommt ab und zu, und trinkt was. Wohnt in dem Asylantenheim, das die da hinten im Hotel Krone aufgemacht haben.« Er zeigte mit dem Arm in Richtung der Hochhäuser hinter dem Lokal.

Der Mann mit der Aktentasche schien froh zu sein, dass er endlich etwas Ansprache bekam. »Sehr gut, der integriert sich vorbildlich!« Es war nicht ersichtlich, ob er das ironisch meinte.

»Wobei die Burschen ja eigentlich keinen Alkohol trinken dürften«, murrte einer der Männer mit ärmellosem Shirt zwischen zwei Schlucken Bier.

»Ja, die legen sich's mit ihrer komischen Religion immer so zurecht, wie sie's grad brauchen«, entgegnete der Dürre. »Frauen können die ohne Ende ham, mit der Arbeit ham ses nicht so, und Alkohol dürfen nur die nicht trinken, die nix vertragen. Ein Prost auf Allah!«

Die Runde lachte, man stieß noch einmal an, und auch der Mann mit der Aktentasche lachte mit. »Ja, die wissen schon, was sie wollen. Haben ein ganz schönes Anspruchsdenken, manche. Wenn man sich überlegt, wo die herkommen. Da haben sie nichts, da leben sie von Abfällen. Und hier, hier wollen sie Hunderte von Euro im Monat und beschweren sich dann noch über die Unterkunft!«

Langsam taute die Runde etwas auf, und blieb doch so geschlossen, dass sich der Besucher nicht mit an den Stehtisch stellen konnte. Er blieb weiter in etwa einem Meter Abstand stehen.

»S' gibt sicher auch arme Schweine«, sagte der Dürre. »Aber wir können nicht jedem helfen.« Zustimmendes Nicken in der Runde. »Und viele wolln sich hier einfach die Taschn vollstopfn. Das sind doch Kriminelle. Verbrecher!«

Der Mann mit der Latzhose wischte sich mit dem Unterarm etwas Senf von der Lippe. »Genau! Die denken, das is hier ein Selbstbedienungsladen, und über unsere Justiz lachen die doch bloß! Knast bei uns is für die wie'n Viersternehotel. Ich reiß mir'n ganzn Tag den Arsch auf …« – er zeigte auf die Farbflecken auf seiner Latzhose – »…damit die hier'n schönes Leben ham. Und zum Dank vergewaltigen sie unsre Frauen!«

»Ja, dabei hamse selber schöne!«, sagte der Mann mit dem ärmellosen Shirt, der bislang geschwiegen hatte.

Die anderen am Tisch sahen ihn an, als wollten sie ihn auf der Stelle erwürgen. Dem Mann mit der Aktentasche schien das nicht aufzufallen. »Die Kriminellen weisen wir aus! Dafür sind wir zuständig!«

Anerkennendes Nicken der Runde: »Sehr gut, sehr gut«. Da klingelte sein Mobiltelefon in der Handytasche am Gürtel des Mannes. Er ließ es dreimal läuten, ging aber nicht dran. »Meine Gattin«, sagte er in die Runde. »Ich muss dann mal …«

»Na dann«, sagte der Dürre, und die anderen hoben noch einmal ihre Gläser in Richtung des unerwünschten Gastes.

»Einen schönen Abend Euch noch!« Er nahm seine Aktentasche, wischte sich noch einmal mit seinem Taschentuch den Schweiß von der Stirn und ging in die Richtung, in der vor kurzem der Mann mit dem Mädchen verschwunden war.

VI.

Am Anfang sprach sie von unfreundlicher Behandlung, dann von Schmerzen. Erst viel später von Vergewaltigung.

VII.

Der Mann, der wie Fidel Castro aussah, trank seinen letzten Schluck Bier und wischte sich mit dem Ärmel über den Mund. Er klopfte mit seinen Fingerknöcheln auf den Tisch, was das Zeichen zum Aufbruch zu sein schien. Die Männer entfernten sich in verschiedene Richtungen, obwohl einige ihr Bier noch nicht ausgetrunken hatten. Angie erschien erst wieder, als alle außer Sichtweite waren, und räumte den Tisch ab.

VIII.

Leila war seit ihrer Ankunft in Deutschland vergewaltigt worden. Mindestens einmal wöchentlich, und von mehreren Männern. Im »Bayerischen Bräustüberl«.

Ihr Vater hatte sie dorthin gebracht und Geld von den Männern bekommen. Wie viel, wusste sie nicht, aber ihr Vater hatte ihr gesagt, ohne dieses Geld könnten sie sich in Deutschland keine neue Existenz aufbauen. Die Klinikleitung informierte sofort die Kriminalpolizei, die nach einem kurzen von der Psychologin gedolmetschten Gespräch mit Leila zum Asylbewerberheim fuhr, um Leilas Vater festzunehmen und die Mitglieder ihrer Familie als Zeugen zu vernehmen.

Zu spät. Die Familie war nicht mehr da. Kurze Zeit später stellte sich heraus, dass sie zurück in den Irak geflogen war. Nach den Männern aus dem »Bayerischen Bräustüberl« musste die Polizei dagegen nicht lange suchen. Sie wurden dort biertrinkend angetroffen, auf Bildern von Leila identifiziert und kamen in Untersuchungshaft. Alle bestritten die Vorwürfe, und auch Angie, die als Zeugin vernommen wurde, sagte aus, sie könne sich höchstens vorstellen, dass Leila von ihrem eigenen Vater missbraucht worden sei.

IX.

Für die Boulevardpresse hätte es nichts Besseres geben können als diese Geschichte. Die Auflagen explodierten. Wie sie an die Bilder von Leila und ihrem Vater gekommen waren, blieb ihr Geheimnis. Der Vater wurde bald »Das Monster aus Erbil«, und die zahllosen Berichte über das Ereignis wurden mit Geschehnissen aus dem Irak (»Mann heiratet Sechsjährige«) und anderen Straftaten von Flüchtlingen in Deutschland (»Afghane attackiert Mitbewohner mit Messer«) angereichert. Täglich wurde die Geschichte mit neuen Details, teils zutreffend, teils rein spekulativ, erweitert. »Leila schon nicht mehr Jungfrau, als sie nach Deutschland kam?«

X.

Zu Aufarbeitung des Vorfalls richtete das Innenministerium eine hochrangig besetzte Task Force ein, der u. a. ein ehemaliger Generalstaatsanwalt und eine ehemalige Verfassungsrichterin angehörten. Die Expertengruppe erarbeitete Vorschläge zur schnelleren Durchführung von Abschiebungen und zur Verhinderung der unerlaubten Ausreise von Asylbewerbern. Der Innenminister ordnete die sofortige Rückholung von Leilas Vater an, was mit Hilfe der irakischen Behörden auch gelang und dem Minister die höchsten Zustimmungswerte in seiner politischen Karriere bescherte.

XI.

Die Sozialarbeiterin, die Leila im Bett gefunden und ihr das Leben gerettet hatte, hatte die Berichterstattung in den Medien aufmerksam mitverfolgt. Sie machte sich große Sorgen um Leila, die mittlerweile in einer geschlossenen psychiatrischen Station untergebracht war, und wollte sie dort besuchen. In der Einrichtung teilte ihr eine Schwester mit, dass Leila derzeit aus medizinischen Gründen nur Besuch von engen Angehörigen bekommen dürfe.

»Aber sie hat doch in Deutschland überhaupt keine engen Angehörigen! Außerdem hat doch der Vater sie selbst dem Missbrauch zugeführt!«

»Der darf sie natürlich nicht besuchen«, entgegnete die Schwester nüchtern. »Aber wir haben hier eben unsere Vorschriften, ich darf Sie dafür um Verständnis bitten.«

Die Sozialarbeiterin schüttelte mürrisch den Kopf. »Verstehen kann ich das nicht. Aber gut. Es sind Ihre Vorschriften, ich kann daran nichts ändern. Aber können Sie ihr wenigstens schöne Grüße von mir ausrichten, und mir sagen, wie es ihr geht?«

Die Schwester wurde nun etwas zugänglicher. »Na klar, die Grüße richte ich ihr gerne aus. Und wie's ihr geht? Na ja, wie soll ich sagen …, ich darf Ihnen da aus Datenschutzgründen eigentlich keine Auskünfte geben. Aber sagen wir so …« – sie sah sich kurz nach links und rechts um, ob sie jemand außer der Sozialarbeiterin hören konnte, beugte sich dann nach vorne, und flüsterte fast – »… ich weiß nicht, wie die hier jemals auf die Beine kommen will. Sie versteht ja auch kaum was.«

Eine bittere Erkenntnis

I.

Fünfzehn Jahre sind eine verdammt lange Zeit. Mir graute davor, doch ihn selbst schien das weniger zu belasten.

II.

Mira kannte ihren Vater fast nur aus Erzählungen und von Fotos, auf denen sie noch ein Baby war. Der Mann, den sie jetzt vielleicht zweimal im Jahr sah, war eher wie ein Bekannter der Familie – einer Familie, die aus ihr und ihrer Mutter bestand. Immerhin zahlte er all die Jahre auf den Cent genau das, was er ihnen als Unterhalt schuldete. Er war bei einer Versicherung tätig, und als er dort Filialleiter geworden war, verließ er Mira und ihre Mutter, um seine Sekretärin heiraten zu können. Soweit Mira wusste, hatte er mit dieser zwei Kinder und lebte in einem Reihenmittelhaus.

III.

Djamal kannte seinen Vater noch weniger als Mira ihren. Sein Vater war vom syrischen Regime wegen der Teilnahme an einer Demonstration von Friedensaktivisten inhaftiert worden, die sich gegen die Waffenkäufe in Milliardenhöhe von der damaligen DDR richtete. Djamal war zu der Zeit noch ein Baby und hat seinen Vater nie wiedergesehen. Seine Mutter musste danach ihren siebzigjährigen Onkel heiraten, um überleben zu können. Djamal, ihr einziger Sohn, war ihr ein und alles. Er hatte noch zwei ältere Schwestern, die deutlich strenger erzogen wurden. Er aber durfte alles, und der Lebenssinn seiner Mutter schien darin zu liegen, ihm jegliche Frustration zu ersparen.

IV.

Miras Mutter zog nach der Scheidung mit ihr in einen bunteren Teil der Stadt. Graffitis an den Häuserwänden prägten das Straßenbild, und die zahlreichen Shisha Bars und Restaurants mit syrischen oder türkischen Spezialitäten ließen die zunehmende Zahl von Migranten erkennen. Immer seltener wurden allerdings die Refugees-Welcome-Transparente, die Studenten aus ihren Fenstern hängten, da sich die Mieten in diesem Szeneviertel bald nur noch Gutverdiener leisten konnten.

Miras Mutter war Lehrerin an derselben Grundschule, in die auch Mira ging. Ausländische Mitschüler gab es in Miras Klasse nur vereinzelt, und Flüchtlingskinder wurden an anderen Schulen in besonderen Klassen unterrichtet. Miras Mutter und zunehmend auch sie selbst bekamen mit, wie immer stärker Stimmung gegen Flüchtlinge gemacht wurde, und fanden das unmenschlich. Schon als Jugendliche engagierte sich Mira daher, indem sie an Weihnachten Geschenke an minderjährige unbegleitete Flüchtlinge verteilte oder ihnen kostenlos Deutschunterricht gab.

V.

Djamal war drei Jahre älter als Mira und gewalttätiger als die meisten seiner Altersgenossen. Einmal schlug er einen Nachbarsjungen, der ihn beleidigt hatte, so heftig, dass dieser für immer auf einem Auge blind blieb. Sein Onkel musste der Nachbarsfamilie eine erhebliche Summe an Schadenersatz zahlen, lobte Djamal aber, weil er den Kampf mit dem Jungen gewonnen hatte. Djamals Familie gehörte zu den Schiiten, die des anderen Jungen zu den Sunniten, und jeder Sieg über die Sunniten war für die Schiiten eine Bestätigung dafür, dass es richtig war, woran sie glaubten: Nur ein Verwandter Mohammeds, des Propheten, kann dessen Nachfolger sein. Obwohl die Schiiten stark in der Minderheit waren, gehörte die Assad-

Familie, die seit Jahrzehnten das Land beherrschte, zur kleinen Glaubensgemeinschaft der Alawiten, einer Untergruppe des schiitischen Islam. Nur die Wahrheit setzt sich durch, und Wahrheit und Macht waren ein und dasselbe. So hatte es Djamal gelernt.

VI.

Sie war nun fünfzehn Jahre alt, und die gleichaltrigen Jungen waren aus ihrer Sicht kindisch und langweilig. Viel aufregender und interessanter war die Welt im Flüchtlingsheim, das sie immer öfter aufsuchte, um dort die viel zu wenigen Sozialarbeiter ehrenamtlich zu unterstützen. Die Flüchtlinge verließen dieses Heim, das vor allem aus zusammengesetzten und aufeinandergestapelten riesigen Wohncontainern bestand und inzwischen Ankerzentrum genannt wurde, kaum noch, weil es außerhalb der Stadt lag und sie nur ein minimales Taschengeld bekamen. Um so mehr waren sie darauf angewiesen, dass sich Menschen wie Mira mit ihnen beschäftigten.

VII.

Als Djamal mit siebzehn eine seiner Schwestern vergewaltigte, war auch sein Onkel nicht mehr begeistert von ihm. Seine Mutter gab zwar der Schwester die Schuld. Sie hätte ihn verführt. Weil aber auch sie nicht mehr leugnen konnte, dass die Probleme mit ihm immer größer wurden und sie nur das Beste für ihn wollte, schickte sie ihn nach Deutschland. Er sollte dort Asyl beantragen, und eine Ausbildung machen. Djamal belegte einen achtwöchigen Online Deutschkurs, während seine Mutter Schlepper organisierte und bezahlte, und machte sich dann auf die Reise.

VIII.

Miras Mutter hatte einige kürzere Partnerschaften, die aber jeweils kaum länger als ein Jahr dauerten. Sie wurde oft betrogen, belogen und enttäuscht und verlor zunehmend ihr Interesse an Männern. Ihre Teenagerzeit verbrachte Mira daher größtenteils ohne Vaterfigur.

IX.

Im Ankerzentrum, in dem Djamal untergebracht wurde, waren Streit und Konflikte an der Tagesordnung. So fiel es nicht sehr auf, wie aggressiv er war. Er war in keine festen Strukturen eingebunden, die sein Verhalten als störend hätten empfinden können. Es gab keinen Arbeitgeber, keine Arbeitskollegen, keine Lehrer, die täglich mit ihm zu tun hatten. Es gab nur die anderen Asylbewerber, die andere Probleme hatten als sich um die zu kümmern, die Djamal machte. Aggressiv wurde Djamal vor allem dann, wenn er nicht genau das bekam, was er wollte, und Asylbewerber bekommen fast nie das, was sie wollen. Als Djamal einmal aus seiner Sicht zu wenig Taschengeld bekam, schlug er aus Frust ohne jede Vorwarnung einem Mitbewohner aus Äthiopien von hinten mit der Faust auf den Kopf. Dieser hatte so viel Angst vor der deutschen Justiz, dass er es nicht weitermeldete. Und wenn Djamal Sozialarbeiter in seiner Einrichtung anschrie oder mit Gewalt aus den Räumlichkeiten der Ausländerbehörde wieder hinausgebracht werden musste, weil er sich weigerte, freiwillig zu gehen, solange ihm nicht der Bezug einer privaten Wohnung genehmigt wurde, dann wurde das zurückgeführt auf Djamals Nationalität oder die Tatsache, dass die Umstände für Asylbewerber eben oft Frustration und Aggressionen schürten.

X.

Es gab noch nicht einmal Familienangehörige, Freunde oder Bekannte, die sich für Djamal interessierten, oder denen sein Verhalten auffallen konnte. Da war niemand. Außer Mira. Sie begegnete Djamal zum ersten Mal, als sie einen ihrer Kochkurse im Ankerzentrum anbot. Wie immer war sie mit ihrem Fahrrad fast eine Stunde unterwegs gewesen, bis sie das Industriegebiet vor den Toren der Stadt erreicht hatte. Es war bereits dunkel, und die Straßen menschenleer. Niemand hätte in dieser gespenstischen Atmosphäre ein Wohnhaus vermutet. Es war auch kein richtiges Wohnhaus, es war das Flüchtlingsheim. Mit seinem hohen Zaun, dem mit zwei uniformierten Männern besetzten Wachhaus, das jeder passieren musste, der das Gelände betreten oder verlassen wollte, war es von außen kaum noch von einem Gefängnis zu unterscheiden.

Die Wachmänner am Eingang kannten Mira bereits und winkten sie durch. Über zwanzig Geflüchtete, die dankbar für alles waren, was man ihnen anbot, hatten sich für ihren Kochkurs angemeldet. Aus Platzgründen konnten nur fünf teilnehmen, darunter Djamal. Er fiel ihr sofort ins Auge. Mit seinem gelockten, tiefschwarzen Haar, der braunen Haut, den strahlend weißen Zähnen und dem feinen Ansatz eines Schnurbarts, wirkte er so anders auf sie als alle, die sie bisher kennengelernt hatte. Exotisch, abenteuerlich. Männlich. Und ein richtiger Mann musste er sein, wenn er den Krieg in Syrien überlebt und die gefährliche Flucht über das Mittelmehr auf sich genommen hatte. Allein. Die deutschen Männer in seinem Alter brüsteten sich damit, gut Fußball spielen zu können. Lächerlich. Vielleicht war er die andere Art von Mann, die Art, die hinter der Kritik ihrer Mutter über die Männer stand? Er konnte ungeheuer charmant sein, wenn er etwas wollte. Etwas wie Mira.

XI.

Es dauerte nicht sehr lange, bis er ihr zum ersten Mal Gewalt antat. Sie konnte überhaupt nicht verstehen, warum. Er war wütend, weil ihm, einmal wieder, von der Ausländerbehörde untersagt wurde, aus dem Flüchtlingsheim auszuziehen. Er erzählte ihr das, und als sie ihm die rechtliche Lage erläutern wollte, schlug er ihr mit der Hand ins Gesicht.

XII.

Sie verzieh ihm. Nicht nur weil er sich sofort entschuldigte und beim Leben seiner Mutter schwor, so etwas nie wieder zu tun. Er war auch, bei aller Männlichkeit, hilfsbedürftig. Wenn er ihr auf seinem Handy Bilder von gefolterten Menschen in syrischen Gefängnissen zeigte, und ihr sagte, welche Angst er vor einer Rückkehr nach Syrien hätte, brach ihr das Herz. Sein holprig-suchendes Deutsch klang irgendwie niedlich. Er wäre in Deutschland ganz auf sich allein gestellt, wenn Mira nicht wäre. Sie wusste das und fühlte sich für ihn verantwortlich. Ein bisschen fühlte sie sich ihm auch überlegen. So kam es vielleicht, dass sie sich von ihm viel mehr gefallen ließ als von jedem anderen. Daher trennte Mira sich auch nicht von Djamal, als er sie wieder schlug. Und wieder.

XIII.

Als Syrer hatte er viel bessere Aussichten, in Deutschland bleiben zu dürfen, als die große Mehrheit der übrigen Asylsuchenden. Diese würden früher oder später nach Afrika, Afghanistan oder Pakistan zurückmüssen, ob sie wollten oder nicht. Ihm jedoch gewährte das zuständige Bundesamt einige Monate nach seiner Ankunft in Deutschland subsidiären Schutz. Infolge des in Syrien herrschenden Krieges sei es für Djamal dort zu gefährlich. Das hieß, dass er zunächst für ein Jahr in Deutschland bleiben durfte.

Djamal war das zu wenig. Er wollte als Flüchtling anerkannt werden, um eine dreijährige Aufenthaltserlaubnis zu bekommen. Seine Begründung, in Syrien wegen seiner Flucht vor dem Militärdienst verfolgt und bestraft zu werden, reichte dafür nach Ansicht des Bundesamtes jedoch nicht aus. Das machte Djamal wütend. Sehr wütend. Vom Bundesamt sprach niemand mit ihm. Er bekam die Entscheidung schriftlich mitgeteilt. Die Leute in seiner Unterkunft sagten ihm, er solle doch froh sein, und sich freuen, dass er überhaupt in Deutschland bleiben dürfe. Seine Mutter erreichte er nicht. Da rief er Mira an. Erst eine Woche zuvor hatte er sie ins Gesicht geschlagen. Sie hatte ihm wieder verziehen, weil er ihr hoch und heilig versprochen hatte, dass es nie wieder vorkommen würde. Außerdem hatte er ihr eine teure Kette mit Smaragden geschenkt, die ihm seine Mutter mitgegeben hatte.

»Liebling. Bin ich. Du kommen?«

»Hi, wie geht's dir denn? Eigentlich hab' ich keine Zeit, ich wollte nachher noch zum Volleyball.«

»Mir schlecht. Ganz schlecht.«

»Um Gottes Willen, was ist denn los?«

»Bescheid Bundesamt.« Mira dachte, dass Ali eine Ablehnung bekommen hatte, bat ihre Mutter um Geld für ein Taxi, und machte sich sofort auf den Weg zu ihm. Sie passierte die Torwache und betrat das Gebäude, wo Djamal bereits am Eingang auf sie wartete. In der Hand trug er den Bescheid des

Bundesamts. Sie gingen hinaus, denn im Gebäude gab es keinen Raum, in dem sie ungestört sein könnten. Draußen war es schon dunkel, und sie gingen ein paar Meter in dem asphaltierten Bereich zwischen Haus und Außenzaun, der mit grellen Scheinwerfern ausgeleuchtet war, als wollte man Ausbrecher abhalten, obwohl die Flüchtlinge die Einrichtung ohnehin durch das Tor verlassen durften.

Sie nahm den Bescheid, las die ersten paar Zeilen, und konnte es nicht fassen. »Djamal! Du hast es nicht verstanden. Das ist eine positive Entscheidung! Du darfst hierbleiben.« Sie wollte ihm um den Hals fallen, doch er stieß sie wütend weg. »Ich verstanden. Natürlich verstanden. Du dumm. Du nicht verstehen.«

»Djamal, du hast versprochen, dass du dich künftig zusammenreißen wirst, und nie wieder …«.

Er schlug ihr den Bescheid aus der Hand. Sie wusste, was nun kam, weil sie es oft genug erlebt hatte. Wenn er wütend wurde, dann war es nicht wie bei anderen Menschen, die sich selbst wieder beruhigen konnten. Er musste dann etwas zerstören oder einen Menschen schlagen, der in der Nähe war. Da war nur Mira, und es ging alles zu schnell. Sie konnte nicht mehr ausweichen.

Als seine Faust auf ihr Auge klatschte, schrie sie weniger aus körperlichem Schmerz, der ihr auch erst einige Minuten später richtig bewusst wurde. Es war eher die verzweifelte und schmerzhafte Erkenntnis, dass sie Djamal nie ändern können würde. Und irgendwie war sie auch wütend auf sich selbst, dass sie sich so lange darüber hatte täuschen lassen. Djamal hatte seine Wut noch nicht ausagiert, er beschimpfte Mira weiter, schubste sie. Er setzte ihr nach, als sie Richtung Ausgang weglief, kurz davor, sie wieder zu schlagen. Einige Afghanen jedoch, die durch die Schreie aufmerksam geworden waren, stürmten nach draußen, und hielten Djamal zurück. Der Sicherheitsdienst an der Torwache alarmierte die Polizei, die kurz darauf eintraf. Nach einer ersten Klärung des Sachverhalts wurde Djamal auf die Polizeiwache mitgenommen und als Beschuldigter wegen Verdachts der Körperverletzung vernommen. Nach seiner Vernehmung sagte ihm einer der Beamten, dass es gut möglich sei, dass er bei einer Verurteilung sein Bleiberecht wieder verlieren würde. »Wir haben genug eigene Kriminelle hier. Wir brauchen nicht auch noch die aus aller Welt!«

XIV.

Als Djamal ins Ankerzentrum zurückging, war er noch wütender. Jetzt könnte er am Ende alles wieder verlieren. Und schuld war Mira. Hätte sie nicht so ein Aufsehen erregt, wäre es nie so weit gekommen.

XV.

Als Mira wieder zu Hause angekommen war, war ihr Auge blutunterlaufen und ihre Gesichtshälfte blau geschwollen. Der Polizei hatte sie gesagt, es sei alles in Ordnung und sie bräuchte keinen Arzt, aber als ihre Mutter sie sah, fuhr sie Mira sofort in die Notaufnahme. Noch am selben Abend schrieb Mira eine SMS an Djamal: »Es ist aus. Für immer. Ruf mich nie wieder an.«

XVI.

Djamal stand in der Küche, als er Miras Nachricht bekam. Er ging in sein Zimmer, holte sich seinen kleinen Rucksack, ging zurück in die Küche, nahm sich eines der größeren Messer, steckte es in den Rucksack und rief ein Taxi. Während er vor dem Tor des Flüchtlingsheims auf das Taxi wartete, antwortete er auf Miras SMS: »Ich schlechte Mensch. Ich mich umbringen. Ich dich noch einmal sehen. Sagen Entschuldigung und auf Wiedersehen. Bitte, bitte. Letzte Bitte. Noch einmal treffen in Stadtpark. In halbe Stunde. Danach ich tot.«

XVII.

Längst war jede Zuneigung einem Gefühl von Verantwortung für ihn gewichen. Mehr noch. Sie fühlte sich ihm gegenüber schuldig und verstand selbst nicht, warum. Aber als sie seine SMS las, wusste sie, dass sie ihn noch einmal treffen musste. Sie musste ihn davon abhalten, sich umzubringen, sonst würde sie sich ewig Vorwürfe machen.

Es war bereits nach Mitternacht, als sie sich aus der Wohnung schlich, um ihre Mutter nicht aufzuwecken.

XVIII.

Nachdem er Mira erstochen hatte, schlitzte er sich die Unterarme leicht auf. Doch nahm ihm niemand ab, dass dies ein ernsthafter Selbstmordversuch hätte sein sollen. Er bekam die Höchststrafe für einen Heranwachsenden: fünfzehn Jahre Gefängnis. Immerhin durfte er damit nun, anders als es ihm der Polizist vorhergesagt hatte, bis auf weiteres in Deutschland bleiben.

XIX.

Miras Vater, der sich dem Prozess gegen Djamal als Nebenkläger angeschlossen hatte, trat noch Jahre später mit einer Initiative öffentlich in Erscheinung, die unter anderem eine Erhöhung der Höchststrafe für Jugendliche und Heranwachsende auf zwanzig Jahre forderte. Miras Mutter, die nach deren Ermordung lange an Depressionen litt, gründete später eine Stiftung mit dem Namen ihrer Tochter, deren Zweck eine bessere Integration von Asylbewerbern war. Sie legte täglich Blumen auf Miras Grab und ließ Schmierereien wie »Türkenschlampe« entfernen. Die Regierung schuf neue Regeln, die Abschiebungen abgelehnter Asylbewerber erleichterten. Davon betroffen waren vor allem

Afghanen. Nach Syrien durfte wegen des dortigen Bürgerkrieges weiterhin nicht abgeschoben werden. Für die Staatsanwaltschaften wurden strengere Richtlinien geschaffen, nach denen auch bei einfachen Körperverletzungen durch Ausländer grundsätzlich Untersuchungshaft zu beantragen sei.

XX.

Ich lernte Djamal im Gefängnis kennen. Von dem, was draußen passierte, bekam er nicht viel mit. Er meldete sich fast wöchentlich zu meiner Sprechstunde. Kaum ein anderer Inhaftierter hatte so viele Probleme und Beschwerden wie er. Bemerkenswerter Weise schien ihm der Entzug der Freiheit an sich nicht viel auszumachen. Es waren andere Themen, die ihn beschäftigten und wütend machten. Das Essen sei nicht gut genug, es gäbe zu wenig Programme im Fernsehen, ein Beamter hätte ihn nicht gegrüßt und sei daher offenbar Rassist. Wenn ich versuchte, ihn auf Mira oder das Leid anzusprechen, das er ihrer Mutter zugefügt hatte, sagte er, dass er einen Fehler gemacht hatte und er in einer psychischen Ausnahmesituation gewesen sei. Er hielt mir immer wieder, anklagend und triumphierend zugleich, die Narben an seinem Unterarm entgegen, die kaum noch zu erkennen waren. Er würde nie verstehen, und vor allem nie fühlen, was er getan hatte. Ganz egal, was man mit ihm machte. Das verband ihn mit vielen deutschen Straftätern, die Vergleichbares getan hatten. Alle Wut und auch alle Sehnsucht nach Mitgefühl liefen bei einigen Menschen ins Leere, und würden sich irgendwann in Hass auf alles und jeden oder in nackte Verzweiflung verwandeln, wenn man nicht bereit war, von Menschen wie Djamal zu lassen. Diese Erkenntnis musste insbesondere für Miras Mutter grausam bitter sein, und doch trug sie sie offenbar besser als viele von uns.

Verkauft

I.

Die wenigen wegen Mordes verurteilten Frauen, die ich persönlich kenne, haben mit Gift gemordet. Das wurde auch Gloria zum Vorwurf gemacht. Als ich ihr in dem Besucherraum des Gefängnisses gegenübersaß und sie mir ihre Geschichte erzählte, zuckte ich kurz zurück, bevor ich den Kaffee aus dem Plastikbecher trank, als könnte er auch von ihr vergiftet worden sein, obwohl er direkt aus dem Automaten kam.

II.

Als sie dem fast siebzigjährigen Hotelbesitzer dabei zusah, wie er mit der stolzen Geste eines Siegers das gebrauchte Kondom mit seinem ekligen weißen Schleim in den Abfall warf, waren ihre Augen traurig und leer.

III.

In Nigeria gab es reiche Menschen. Sehr reiche Menschen. Gloria Believe gehörte nicht dazu, und sie würde nie dazugehören. Sie war das siebte und jüngste Kind ihrer Eltern, die in einem Dorf im Nigerdelta lebten. Sie gehörte zum Volk der Ogoni, die seit Jahrhunderten von Landwirtschaft und Jagd lebten. Als Gloria noch ein Kind war, begannen amerikanische Unternehmen damit, in der Gegend Öl zu fördern. Die Dorfbewohner hatten keine Chance, dies zu verhindern. Teils wurden sie von der nigerianischen Regierung vertrieben, teils wurden sie mit der Aussicht auf gutbezahlte Arbeitsplätze besänftigt.

Im Laufe der Jahre stellte sich allerdings heraus, dass nur einige wenige Einheimische von den Ölfirmen für Arbeiten wie das Reinigen der Toiletten engagiert wurden – für ein Gehalt, das jeder Nicht-Einheimische als schlechten Witz verstanden hätte. Die gut bezahlten Tätigkeiten wurden alle von Amerikanern erledigt, die auf Farmen in großen Villen mit riesigen Holzverandas residierten und meist ein gutes Dutzend nigerianischer Bediensteter hatten. Unter den Dorfbewohnern jedoch waren die wenigen Jobs in den Haushalten der Amerikaner oder bei den Ölfirmen begehrt. Wer einen ergattern konnte, und mit einer Bedienstetenuniform, die ein bisschen an die Haussklaven der Südstaaten der USA im achtzehnten Jahrhundert erinnerten, oder einem T-Shirt der Ölfirma herumlief, war der Größte. Zumindest in den ersten Jahren.

Zunehmend jedoch wurde spürbar, wie die Ölfirmen die Umwelt verpesteten. Ausgelaufenes Rohöl, schlecht gewartete Anlagen und illegale Ölförderbetriebe legten einen zähen, giftigen Schlamm aus Öl über Böden, Mangrovensümpfe, Flussläufe, Felder, Fischreviere und Trinkwasser. Fischfang, Jagd, Ackerbau wurden damit zunehmend erschwert, so dass die Nigerianer für noch weniger Lohn bei den Amerikanern arbeiteten.

IV.

Die Anklage gegen sie lautete auf Mord. Sie hatte ihr Opfer nach Auffassung der Anklage heimtückisch getötet. Das hätte eine lebenslange Freiheitsstrafe zur Folge. Vielleicht bekäme sie nach fünfzehn oder zwanzig Jahren eine Chance auf eine vorzeitige Entlassung, dann wäre sie Mitte vierzig. Jetzt war sie in ihren Zwanzigern und hatte schon so viel erleben müssen und so viel zu erzählen wie andere in ihrem ganzen Leben nicht. Doch wie sie da im Gefängnis vor mir saß, klein und zierlich, wirkte sie nicht einmal gebrochen, sondern zäh und wehrhaft. Ein bisschen schien sie mir, als hätte sie nach ihrer fast lebenslangen Flucht und Suche, und nach dem, was sie dem Mann Schreckliches angetan hatte, nun zumindest ein bisschen zu sich selbst gefunden.

V.

Gloria beschrieb ihren Vater als einen sehr stolzen Mann. Als sie von ihm sprach, war auch ihr Stolz auf ihn zu spüren, und ihre Würde, die über der Trauer über seinen Tod und alles, was Gloria mit ihm entrissen worden war, stand. Ihr Vater jedenfalls weigerte sich, für die Ölfirmen der Amerikaner zu arbeiten. Mit der zunehmenden Verseuchung der Umwelt jedoch wurde es für ihn immer schwieriger, den Lebensunterhalt für seine Familie durch Jagd oder Landwirtschaft zu beschaffen. Er schloss sich mit anderen jungen Männern zusammen, um sich mit Gewalt das zu holen, auf was sie einen Anspruch zu haben glaubten. Sie sahen sich als Freiheitskämpfer. Vom Westen wurden sie als Piraten bezeichnet. Mit ihrem alten Holzboot, dem selbstgebauten Motor und einigen Gewehren überfielen sie Frachter und Containerschiffe, nahmen einen Teil der Besatzung als Geiseln mit an Land und verhandelten mit den an Bord gebliebenen Besatzungsmitgliedern über die Freilassung der übrigen.

Für die Menschen auf den Schiffen ging es um ihr Leben. Für die Unternehmen, denen die Schiffe gehörten, waren die Lösegelder wie eine Art von Umsatzsteuer Geschäftsausgaben. Eine Weile lang funktionierte diese Methode, doch zunehmend verbesserten die Reedereien ihre Sicherheitsvorkehrungen, und nahmen insbesondere bewaffnetes Schutzpersonal mit an Bord. Als Gloria zehn Jahre alt war, wurde ihr Vater von einem dieser bewaffneten Schiffsbegleiter erschossen. Seine Leiche warf man einfach über Bord.

VI.

Einmal im Jahr mussten alle Mädchen des Dorfes, die an der Schwelle zur Pubertät standen, an einer grausamen Zeremonie teilnehmen. Sie wurden dazu von den Zeremonienmeistern mit verbundenen Augen zu einem einige Kilometer vom Ort entfernten Zeltlager im Wald gebracht, wo ihnen dann die Augenbinden abgenommen wurden. Ihre Eltern und Angehörigen mussten im Ort bleiben. In einem der großen Zelte würden die Mädchen in den nächsten Tagen zusammen übernachten. In der Nacht vom dritten auf den vierten Tag dann wurde jedes Mädchen einzeln zum großen Lagerfeuer gebracht, wo sie von zwei alten Frauen des Dorfes, die als Hexen galten, in Empfang genommen wurden. Diese Hexen hatten sich, ebenso wie die Zeremonienmeister, mit verschiedensten Drogen in einen tagelangen Rausch versetzt. Die Mädchen aber mussten das, was nun kam, nüchtern ertragen. So forderte es der Brauch, und nur dann könnte ein guter Zauber ihnen eine gesunde geschlechtliche Entwicklung und viele Kinder schenken.

Die Mädchen mussten sich auf eine vorbereitete Bahre legen, wo sie von zwei Gehilfen der Hexen festgehalten wurden. Die beiden Hexen schnitten ihnen dann mit geweihten Messern den Genitalbereich ab, und vernähten die Wunde anschließend. Übrig blieb nur eine kleine Öffnung für Urin und Menstruationsblut. Danach wurden den Mädchen die Beine verbunden, und sie wurden, meist ohnmächtig, zurück in das Zelt zu den anderen Mädchen getragen. Diese zitterten vor Angst, denn sie hatten die Schreie ihrer Vorgängerinnen trotz der Trommeln und des Lärms, den die Zeremonienmeister veranstalteten, hören müssen.

Gloria hatte, seit sie denken konnte, panische Angst vor dieser Genitalverstümmelung. Eine ihrer Schwestern war bereits daran verstorben, doch ihre Mutter bestand darauf, dass auch Gloria sich dieser Prozedur unterziehen müsse, wenn sie weiter mit ihr zusammenleben wollte. Sie hätte sonst im Dorf als eine Art Aussätzige gegolten, mit der kein Mann geschlechtlich verkehren dürfte, wenn er nicht auch von einem bösen Zauber befallen werden wollte. Auch ihre Mutter, die ohnehin nach dem Tod ihres Mannes größte Schwierigkeiten hatte, Gloria und ihre Geschwister zu ernähren, wäre geächtet worden. So entschlossen sie sich, dass Gloria die Flucht nach Europa versuchen sollte. Als ihre Mutter sie dem Schlepper übergab, wussten beide, dass sie sich nie wiedersehen würden.

VII.

Das wenige Geld, das Glorias Mutter dem Schlepper geben konnte, war aufgebraucht, bevor sie überhaupt in Lastwagen und Bussen zusammengepfercht mit Dutzenden anderer Flüchtenden das Mittelmeer in Libyen erreichten. Glorias Schlepper war daher der erste, dem sie ihren Körper verkaufen musste, da sie nichts anderes hatte. Nur ihren unschuldigen, jungen, schönen Körper. Sie hätte es nie bis hierher in ein deutsches Gefängnis geschafft, wenn sie diesen Körper in den darauffolgenden Jahren nicht an unzählige Männer verkauft hätte.

Gloria erzählte mir von den furchtbaren Geschichten über die Flüchtlingslager in Libyen, wo die Frauen vergewaltigt und den Männern mit Bunsenbrennern so die Füße verbrannt wurden, dass sie nie wieder schmerzfrei gehen konnten. Es wurden Aufnahmen davon im Internet veröffentlicht, um künftige Flüchtlinge abzuschrecken. Sie berichtete mir auch über den schäbigen Umgang mit Geflüchteten in Italien, wo man die, die die Überfahrt in einem der völlig überfüllten Schlauchboote überlebt hatten, wie Tiere behandelte. Ein paar Jahre hatte sie in Italien verbracht und sich nur mit Prostitution über Wasser halten können, bis sie dann weiter nach Deutschland floh.

Das alles schien so weit weg von dem Ort, an dem wir uns gegenübersaßen, dem Besucherraum der Haftanstalt. Wie aus einer anderen Welt, oder einer ganz fernen Vergangenheit. Und doch saß sie hier und jetzt vor mir, leibhaftig, und hatte all das erlebt.

VIII.

Als sie in Deutschland angekommen war dachte sie, dass ihre Odyssee nun zu Ende wäre, und dass sie ihren Körper nicht mehr verkaufen müsste. Am Anfang musste sie das auch nicht. Als unbegleitete Minderjährige war sie erst einmal vor der Abschiebung sicher und durfte die deutsche Schule besuchen. Sie war jetzt sechzehn Jahre alt und lernte sehr schnell. Nach einem Jahr konnte sie fast fließend Deutsch. Kurz nach ihrem achtzehnten Geburtstag kam dann der Bescheid, mit dem ihr Asylantrag abgelehnt wurde und sie aufgefordert wurde, innerhalb von dreißig Tagen nach Nigeria auszureisen, wenn sie nicht dorthin abgeschoben werden wollte. Sie erhob selbst gegen diesen Bescheid Klage vor dem Verwaltungsgericht. Das hatte zur Folge, dass der Bescheid erst einmal nicht wirksam wurde und Gloria zumindest Zeit gewonnen hatte, bis das Gericht in einem oder zwei Jahren über ihre Klage entschieden hatte. Und doch hatte sie das bisschen Halt wieder verloren, das sie nach Jahren der Flucht gewonnen hatte, und das Unheil nahm erneut seinen Lauf.

IX.

Gloria, die neben der Schule in einem Kindergarten ausgeholfen hatte, durfte nicht weiterarbeiten, weil ihr Asylantrag abgelehnt worden war und sie zudem keinen Pass aus Nigeria vorlegen konnte. Sie bekam von nun an für Essen und Trinken Gutscheine, und nur noch so wenig Taschengeld, dass sie nichts mehr davon ihrer Mutter in Nigeria überweisen konnte. Die Kosten für eine Überweisung wären höher gewesen als das, was sie monatlich bekam. An einen nigerianischen Pass zu kommen und damit ihre Chancen für eine Arbeitserlaubnis zu erhöhen, war für sie fast unmöglich. Sie hatte keine Geburtsurkunde, keine Schulzeugnisse, nichts, mit dem sie ihre Identität auch nur im Ansatz hätte nachweisen können. Ihre Mutter war Analphabetin und konnte ihr auch aus Nigeria keine Dokumente besorgen. Ganz zu schweigen davon, dass sie kein Geld hatte, um in die nächstgelegene deutsche Botschaft zu fahren. Sie hatte fast nur noch von dem gelebt, was Gloria ihr regelmäßig überwies. Das war nun vorbei, und der Gedanke daran war für Gloria unerträglich. Obwohl das Leben, in das sie hineingeboren worden war, mit so viel mehr Leid und Anstrengung verbunden war, als das Leben der meisten anderen Menschen, fühlte sie sich ihrer Mutter gegenüber zur Dankbarkeit verpflichtet. Vielleicht war dieses Schuldgefühl auch der kranke Ersatz für die Liebe, die sie weder zu ihrem Land noch zu ihrer Mutter empfinden konnte, und die letzte Verbindung zu ihrer Herkunft, ihrer Heimat, ihrer Familie. Ohne dieses Schuldgefühl wären ihre sämtlichen Wurzeln gekappt, und das Schuldgefühl wurde unerträglich stark und erdrückend, wenn sie ihm nicht ab und zu nachgeben und ihm, wie einer Göttin, eine Opfergabe darreichen konnte. Und vielleicht waren die Geldzahlungen auch der Beweis, dass sie es geschafft hatte, trotz allem.

Jetzt wusste sie: sie hatte es nicht geschafft und würde es wahrscheinlich auch nie schaffen. Sie wohnte in einem heruntergekommenen alten Hotel, das zur Flüchtlingsunterkunft umfunktioniert worden war. Ihr Zimmer, ursprünglich ein Doppelzimmer, musste sie sich mit drei Frauen aus Äthiopien teilen. Eine litt an schweren Depressionen und musste fast jede Nacht von den anderen davon abgehalten werden, sich die Pulsadern aufzuschneiden. Eine Sozialarbeiterin mit einer Halbtagsstelle kümmerte sich um Gloria und dreiundzwanzig weitere Geflüchtete, ansonsten gab es nur einen, der sich ihrer annahm: den Hotelbesitzer. Ein übergewichtiger, ungepflegter Mann, der seine wenig verbliebenen fettigen Haare von links nach rechts über seine Glatze geklebt hatte, als ob das noch einen Unterschied gemacht hätte, und dessen stets hochroter Kopf seine Vorliebe für harte alkoholische Getränke erkennen ließ. Alle im Haus wussten, dass er in einigen Zimmern im Parterre, die nicht mit Flüchtlingen belegt waren, eine Art illegales Bordell betrieb. Die Nachfrage nach Flüchtlingsfrauen war riesig. Einige Freier waren bereit, ein Vielfaches des üblichen Preises zu bezahlen, und einige, die sich sonst nicht trauten, zu Prostituierten zu gehen, trauten es sich hier. Es mussten aber geflüchtete Frauen sein, die Asyl beantragt hatten. Ausländerinnen waren nicht dasselbe.

Es funktionierte ganz einfach. Der Hotelbesitzer vermietete offiziell die leerstehenden Zimmer an Gäste und hatte nichts dagegen, wenn diese ihre weiblichen Bekannten bei sich übernachten ließen. Das einzige, was auffällig hätte sein können, waren die Preise für eine Nacht, die einem Viersternehotel angemessen gewesen wären, nicht aber dieser schäbigen Absteige. Von diesem Geld bekamen die Frauen fast nichts und für ihre Verhältnisse doch so viel, dass sie damit auf eine bessere Zukunft sparen konnten. Manche hoffte auch, auf diese Weise einen deutschen Partner fürs Leben zu finden. Einige Frauen, die ohne Mann oder Freunde geflohen waren, zwang der Hotelbesitzer, indem er sie schlug, oder ihnen nichts zu essen gab. Auch Gloria hatte er schon mehrfach geschlagen, vor allem abends, wenn er besonders stark betrunken war und wie ein Kerkermeister seine Runden durch die Zimmer machte. Sie hatte sich bisher immer geweigert, mit auf ein solches Zimmer zu gehen, aber nun sah sie keinen anderen Ausweg mehr. Sie war wieder an dem Punkt angelangt, den sie so gut kannte, und hatte nichts mehr zu verkaufen, außer ihren Körper.

X.

Es war schwer zu sagen, welcher Ort bedrückender war. Der unterirdisch gelegene Besucherraum des Gefängnisses, in dem wir uns die letzten Male getroffen hatten, und auf dem all die stählerne Schwere einer Hochsicherheitsanstalt lastete, oder der riesige Schwurgerichtssaal, in dem wir nun nebeneinander auf der Anklagebank saßen. Schräg vor uns thronten, ihre Füße etwa auf unserer Kopfhöhe, die drei Richter mit ihren schwarzen Roben. Sie wurden links und rechts von zwei ehrenamtlichen Schöffen flankiert. Uns gegenüber saß, ebenso wie die Richter auf einem gepolsterten Stuhl mit Armlehnen, der Staatsanwalt. Glorias und mein Stuhl hatten weder Polster noch Armlehne. Es ging in diesem Spiel um die Verteilung von Schuld, und schon die Anordnung und Beschaffenheit der Stühle und Bänke ließ uns spüren, dass es sehr schwer werden würde, dagegen zu kämpfen, sie allein Gloria zu geben. Dass Gloria sich weigerte, die Regeln dieses Spiels überhaupt anzuerkennen, wusste ich zu dem Zeitpunkt noch nicht.

XI.

Als Gloria in das Büro des Hotelbesitzers kam, wo er in seinem großen Ledersessel saß, und auf den Fernseher starrte, der den ganzen Tag lief, zögerte sie. Doch es gab kein zurück. Wenn sie wieder Geld verdienen wollte, musste sie das tun. Der alte Mann grinste. »Gloria. Meine nigerianische Perle. Wie kann ich dir helfen?«

»Ich … ich brauche Geld.«

»Das brauchen wir alle, Schätzchen.« Er rührte ein wenig mit dem Löffel in seinem Kaffee herum, in den er, dem Geruch nach zu urteilen, auch Cognac oder etwas ähnliches gemischt hatte.

»Ich … die Zimmer. Ich gehe mit auf die Zimmer.«

Der Mann grinste noch breiter, nahm einen Schluck, wurde ernst, stand auf, ging zu Gloria, die immer noch in der Tür stand, und legte seine Hände auf ihre Schultern. »Du bist zu schade für die Zimmer. Viel zu schade.«

Er war gut einen Kopf größer als Gloria, und sie hatte Mühe, ihm aus dieser kurzen Distanz in die Augen zu sehen. Der Ausdruck in seinem aufgedunsenen Gesicht war nicht mehr so aggressiv und herrisch wie sonst, sondern eher selbstgefällig. Und irgendwie hatte Gloria den Eindruck, als wollte der Hotelbesitzer sie verliebt ansehen. Sie ekelte sich zutiefst, wurde aber für die nächsten Monate seine feste Partnerin.

XII.

Als der Staatsanwalt seine Anklageschrift verlesen und wieder Platz genommen hatte, fragte der vorsitzende Richter Gloria, ob sie etwas dazu sagen wolle.

»Was soll ich dazu noch sagen? Es stimmt alles. Genauso war es. Das habe ich von Anfang an gesagt.« Ein wenig schien es, als wären die Richter und der Staatsanwalt enttäuscht, als hätte Gloria ihnen das Spiel verdorben.

XIII.

»Wir müssen das hier künftig weglassen ...« – der Hotelbesitzer zeigte auf das Kondom im Abfalleimer – »... wenn du hierbleiben willst.«

Ihre leeren Augen weiteten sich ängstlich und fragend. »Warum denn das?«

»Ich brauche einen Nachfolger. Für das Hotel, für alles, verstehst du? Ich werde nächsten Monat siebzig. Du bist mein Mädchen, und du wirst mir einen schenken.«

»Nein, das will ich nicht. Ich will nicht. Auf keinen Fall.«

»Tatsächlich? Bist du dir da sicher?« Der Mann hatte Mühe, seinen Bauch in die Jeans zu zwängen und die Knöpfe zu schließen. »Du bist deinem Sugar–Daddy doch was schuldig, meinst du nicht?«

Glorias Kleider waren im Zimmer verstreut, so dass sie sich in die dünne Tagesdecke einwickelte. »Ich bin dir überhaupt nichts schuldig.«

»Nicht? Wirklich nicht? Nach alldem, was ich für dich getan habe? Außerdem … du weißt doch, dass ich gute Kontakte zur Regierung habe. Die können dir ein Heimreisepapier ausstellen lassen, auch wenn du keinen Pass von der Botschaft bekommst. Die müssen nur wollen. Ich könnte dafür sorgen, dass sie wollen. Und wenn ich das tue, weiß du, was das heißt?« Er machte mit seiner Hand ein startendes Flugzeug nach. Und als er sie dann auch noch anlächelte, als seien sie Liebende, konnte sie nicht mehr zurücklächeln.

XIV.

Ich hatte sein Bild in den Ermittlungsakten gesehen. Das schmerzverzerrte Gesicht mit den spaltweit geöffneten Augen, das getrocknete Blut an seinen Mundwinkeln, und die Mischung von Blut und Erbrochenem in seinem ungepflegten, grauweißen Vollbart und auf seinem Holzfällerhemd. Sein Tod muss qualvoll gewesen sein. Niemand sollte so sterben müssen. Es war durch nichts zu rechtfertigen, was sie ihm angetan hatte. Und als sie mir erzählte, wie sie das getan hatte, hatte ich den Eindruck, dass sie das auch wusste. Sie hatte sich zum Schein dazu bereit erklärt, sich von dem Hotelbesitzer schwängern zu lassen und ihm noch am gleichen Tag Maniok, eine kartoffelartige Wurzelfrucht in seinen Kaffee gegeben. Maniok war ein Hauptnahrungsmittel in Nigeria, das sie sich ab und zu im afrikanischen Laden am Rande der Stadt besorgte. Essen konnte man Maniok nur, wenn es richtig zubereitet war. Wenn nicht, bildete sich Blausäure. Dem Hotelbesitzer hatte sie erzählt, es handele sich um ein uraltes und erprobtes afrikanisches Potenzmittel, zehnmal wirksamer als Viagra.

XV.

Sie wollte nicht mehr weglaufen, sich nicht mehr verkaufen, verkaufen lassen, indem sie die Rolle spielte, die von ihr erwartet wurde. Hier, vor Gericht, wäre dies die Rolle der reuigen Sünderin gewesen. Als sie sich erhob, um ihr letztes Wort zu sprechen, bevor das Gericht sich zur Urteilsberatung zurückzog, schwieg sie so lange, bis auch der vorsitzende Richter und der Staatsanwalt von ihren Akten aufsahen und aufhörten, sich Notizen zu machen. Und als sie dann sprach, deutlich und fest, trotz der Anspannung, die ihr anzumerken war, war sie nicht reuige Sünderin, sondern Anklägerin. Offensichtlich hatte sie sich jedes Wort längst zurechtgelegt. Zeit genug hatte sie während ihrer mehr als siebenmonatigen Untersuchungshaft gehabt.

»Sie hätten sich dieses ganze Theater hier sparen können«, sagte sie. »Ich habe den Mann umgebracht. Vergiftet. Das war nicht gut. Aber er war kein guter Mensch. Doch während Sie hier sitzen, sterben viele gute Menschen. Genau jetzt. In diesem Moment. Wissen Sie, wie viel Menschen alleine im letzten Jahr auf der Flucht über das Mittelmeer ertrunken sind? Wissen Sie das? Nein? Zweitausenddreihundert. Das sind nur die, die man zählen konnte. Doch Sie tun nichts dagegen. Ganz im Gegenteil. Jetzt werden von Ihren Verbündeten schon die vor Gericht gestellt, die den Ertrinkenden helfen wollen! Boko Haram hat in Nigeria Zehntausende getötet und Millionen Menschen vertrieben. Und Sie tun nichts dagegen. Herr Staatsanwalt, warum klagen Sie dieses Unrecht nicht an? Ihr Richter, warum sitzt Ihr nicht darüber zu Gericht? Herr Anwalt, warum helfen Sie nicht denen, die am Ertrinken sind, anstatt mich zu verteidigen? Weil Sie hier besser bezahlt werden? Stattdessen sitzen Sie alle hier und reden, und reden, und reden. Sie verschwenden Ihre Zeit, Ihre Energie, Ihre Möglichkeiten dazu, mir zu sagen, dass ich Schlechtes getan habe. Wie viel Geld hat dieser Prozess gekostet? Zehntausende von Euro. Wissen Sie, wie vielen Menschen man damit in Nigeria hätte helfen können, so dass sie nicht hätten fliehen müssen? Mein Anwalt hat mir gesagt …« – sie zeigte auf mich – »…dass es auch Mord und Totschlag durch Unterlassen gibt. Ihr unterlasst es, zu helfen, wo ihr helfen könntet. Euer Öl hat unsere Lebensgrundlage zerstört, und viele von uns in die Flucht getrieben! Und soll ich Ihnen noch etwas sagen? Wissen Sie, wer die Not und das Leid über Nigeria gebracht hat? Es waren Männer. Alles Männer, die das getan haben.«

Ich sah in die Runde: außer der Protokollführerin und einer Schöffin waren wir alle Männer. »Und nun, meine Herren, sprechen Sie Ihr Urteil über mich. Es ist mir egal. Die viel größere Schuld als die, über die hier zu Gericht gesessen wird, liegt außerhalb dieses Gerichtssaals. Sie sind wie Menschen, die etwas im dunklen Keller verloren haben und es aus Angst vor dieser Dunkelheit im hellen Wohnzimmer suchen. Sie versuchen sich dort von Ihrer Schuld zu erlösen, und das Gute zu kaufen, wo es für Sie am billigsten ist. Und das …« – sie setzte sich wieder hin und hielt kurz inne – »… verurteile ich.«

Nach zehnminütiger Beratung erschienen die Richter wieder. Im Stehen sprach der vorsitzende Richter Gloria im Namen des Volkes schuldig des Mordes. Und als alle wieder Platz genommen hatten, sie auf ihren Polsterstühlen, wir auf den Holzsitzen, und der Vorsitzende ihr in der Begründung vorhielt, sie hätte sich wegen der Nötigungen des Hotelbesitzers vertrauensvoll an die Polizei wenden müssen anstatt Selbstjustiz zu üben, und sie solle die Zeit in Haft auch nutzen, um sich ausreichend psychiatrisch behandeln zu lassen, da musste sie lächeln.

Ein guter Mann

I.

Als ich im noch völlig leeren Gerichtssaal auf ihn wartete, und die letzten Jahre noch einmal Revue passieren ließ, war es für mich nicht mehr nachvollziehbar, warum ich bei unserer ersten Begegnung richtiggehend Angst vor ihm gehabt hatte. Zum einen hatte das wohl daran gelegen, dass ich zuvor noch nie länger mit einem schwarzen Mann gesprochen hatte. Vielleicht hatte ich auch überhaupt noch nicht mit einem schwarzen Mann gesprochen. Das war mir erst richtig bewusst geworden, als ich Henry gegenübersaß. Zum anderen war er zwar sehr freundlich, aber das, was er mir erzählte, war so außerhalb meiner Vorstellungswelt, dass ich am Anfang nicht annähernd einschätzen konnte, ob er verrückt oder gefährlich war. Wahrscheinlich hätte ich es bei einem Europäer ebenso wenig einschätzen können, aber da hätte ich zumindest das Gefühl gehabt, dass ich es könnte.

II.

Seine Fluchtgeschichte, die Henry dem Bundesamt für Flüchtlinge und Migration, das über seinen Asylantrag entscheiden musste, und mir als seinem Rechtsanwalt erzählt hatte, war abenteuerlich: Er kam aus einem Dorf im Osten Nigerias, das aus einigen Dutzend Holz- und Strohhütten bestand. Das Herausragendste an diesem Dorf war seine stolze Vergangenheit. Die Bewohner hatten einst große Viehherden besessen, und es waren einige berühmte Krieger aus ihren Reihen hervorgegangen.

Aber das war lange her. Immer mehr junge Dorfbewohner, vor allem die männlichen, waren in die Städte gezogen, um dort Arbeit zu finden, und durch den zunehmenden Kontakt mit der Zivilisation vergifteten zwei ihrer Schmiermittel mehr und mehr das Dorf: Alkohol und Geld. Zum Zeitpunkt von Henrys Geburt war vom Stolz und der Würde vergangener Zeiten nicht mehr viel zu spüren. Henrys Geburt wäre noch vor hundert Jahren wochenlang gefeiert worden, denn er war der Sohn des Dorfhäuptlings. Dieser hatte schon neun Töchter, doch Henry war sein erster Sohn, so dass er zur Feier zumindest eines seiner wenigen verbliebenen Schweine schlachtete und seinen Stamm, bzw. das, was noch von ihm übrig war, zu einem Grillfest einlud. Henry zeigte mir bei einem unserer Gespräche Fotos von dieser Feier. Sein Vater sah auf den Bildern, völlig anders als der feingliedrige Henry, wie ein ehemaliger Schwergewichtsboxer mit starkem Übergewicht aus. Sein Status als Häuptling sicherte nicht mehr, wie in früheren Zeiten, das Wohlergehen der Familie, so dass Henry schon als Jugendlicher zum Familienunterhalt beitragen musste. Er spezialisierte sich auf die Zucht und den Verkauf von Schnecken und Grasscuttern, bisamrattenartigen Nagetieren. Beides galt in Nigeria als große Delikatesse, und Henry brachte meist nicht wenig Geld mit nach Hause, wenn er wieder mit seinem Mofa und einem kleinen Anhänger, in dem die noch lebenden Schnecken und Rohrratten lagen, in die nächstgelegene Stadt fuhr, um sie dort zu verkaufen. Eine zusätzliche Einnahmequelle war das Verleihen von Mobiltelefonen, da vor allem auf den Dörfern noch nicht alle ein Handy hatten. Alles in allem war Henry ganz zufrieden mit seinem Leben. Bis sein Vater starb.

III.

Mit dem Tod seines Vaters, der offenbar betrunken von seinem kleinen Fischerboot gestürzt und ertrunken war, gingen Henrys Probleme los. Sein Vater war nämlich nicht nur der Häuptling des Dorfes, sondern auch das Oberhaupt eines der Geheimbünde gewesen, in denen viele Bewohner des ländlichen Nigerias organisiert waren. Diese Mischung aus Studentenverbindung, Partei, Sportverein und Sekte ersetzte weitgehend staatliche und sonstige Strukturen. Dort wurden in düsteren Ritualen Geister beschworen und Feinde mit einem Voodoo-Zauber belegt, aber auch Hochzeiten genehmigt oder Bedürftigen geholfen. Die Regeln in diesen Bruderschaften wurden mit Gewalt, manchmal auch tödlicher Gewalt, durchgesetzt. Eine der wichtigsten dieser Regelungen war die Nachfolge des Oberhaupts, die nach dessen Versterben zwingend der älteste Sohn einzunehmen hatte. Henry war alles andere als begeistert von dieser Sitte.

Das lag zum einen daran, dass er mit der Blutsbrüderschaft insgesamt so wenig anfangen konnte, wie ich es mit Anfang zwanzig mit einer konservativen Partei oder einem Franziskanerorden gekonnt hätte. Vor allem aber hatte er Angst vor dem Initiationsritual, das er bestens aus den Erzählungen seines Vaters kannte, der sein Leben lang so davon berichtet hatte, als sei dies die größte Herausforderung gewesen, die er je gemeistert hätte. Die Krönung des neuen Oberhauptes musste spätestens vier Wochen nach Ableben des alten erfolgen. Ein Zeremonienmeister musste dafür alle Mitglieder zu dem riesigen, jahrhundertealten Baum in der Nähe des Flusses einladen. Der Baum, in dessen Schatten alle wichtigen Entscheidungen gefällt wurden, galt dem Geheimbund als heilig. Bei dieser Zeremonie jedoch würde es keinen Schatten geben. Es sei denn, es wäre Vollmond, denn sie sollte mitternachts stattfinden.

IV.

Zunächst würden Gehirn und Herz seines Vaters, dessen Leiche man aus dem Fluss geborgen und in seiner Hütte aufgebahrt hatte, zerstampft und in ein etwa zwei Liter fassendes hölzernes Gefäß gegeben, um es dort mit Erde und dem Blut aller Mitglieder zu vermischen. Dazu würden einige Früchte, Beeren und ein hefeartiges Gemisch gegeben werden, so dass nach einigen Tagen der Alkohol zu gären beginnen würde. Dieses Getränk hätte Henry dann während der nächtlichen Zeremonie trinken müssen. Sodann hätte er den gut zehn Meter hohen Baum besteigen müssen, um sich dann rückwärts in den Kreis der Mitglieder fallen zu lassen, die ihn auffangen und zum neuen Oberhaupt krönen würden. Wenn er das alles nicht täte, müssten ihn die Mitglieder des Geheimbundes umbringen, da sie nach ihren ehernen Statuten sonst keinen anderen als Oberhaupt auswählen konnten.

Ich fand diesen Auswahlprozess gar nicht so viel schlechter als die Auswahlprozesse, nach denen bei uns in Deutschland politische Führungskräfte ausgewählt werden. Immerhin musste das künftige Oberhaupt persönlichen Mut aufbringen, und seinen Leuten bedingungslos vertrauen. Auch dienen die Menschen, die führen müssen, oft stärker dem Gemeinwohl als diejenigen, die mit aller Gewalt führen wollen. Ich hatte aber großes Verständnis dafür, dass Henry sich diesem Procedere nicht unterziehen wollte. Er entschloss sich jedenfalls zur Flucht, und erklärte den deutschen Behörden, dass er auch nirgends sonst in Nigeria sicher war und auf keinen Fall dorthin zurückkönnte, weil die Bruderschaft Kontakte im ganzen Land hätte, und ihn irgendwann aufspüren und töten würde. Der Geheimbund habe ihn dazu mit einem Fluch belegt, der allerdings nur in Nigeria Macht über ihn habe.

V.

Er hatte mir schon per E-Mail angekündigt, dass er zum nächsten Termin seine, wie er sie nannte, »sweet lady« mitbringen würde. Diese seine sweet lady, eine blondgefärbte Deutsche, war von rubenshafter Gestalt, die mich spontan an Henrys Vater, den Häuptling von den Fotos, erinnerte. Sie war vielleicht zehn Jahre älter als Henry, und einen halben Kopf größer. Ihre Stimme war so unglaublich laut, dass ich mich zurückhalten musste, um mir nicht unwillkürlich die Ohren zuzuhalten. Gar nicht auszumalen, wenn sie erst einmal anfinge, richtig zu schreien. Sie und Henry redeten sich gegenseitig mit »Hase« an, doch wenn sie es sagte, klang es eher nach »Hasse«. Irgendwie ging sie mit ihm wie mit einem ungezogenen Kind um, und mit mir wie mit dem zumindest etwas besser erzogenen großen Bruder dieses Kindes. »Hasse, zeig' ihm deine Zettel!« Henry schien es nichts auszumachen, wie sie mit ihm sprach. Er schien es im Gegenteil zu genießen, fast so, als hätte sie ihm etwas Zärtliches ins Ohr geflüstert. Er fingerte einige zerknitterte und angerissene Stücke Papier aus der Innentasche seines Jacketts hervor, und breitete sie vor mir aus. Darunter waren ein Bußgeldbescheid über fünfundfünfzig Euro, weil er während des Fahrradfahrens mit dem Handy telefoniert hatte, ein Strafbefehl über neunhundert Euro, weil er wiederholt ohne gültigen Fahrausweis mit dem Bus gefahren war, sowie ein weiterer Strafbefehl über tausendzweihundert Euro wegen Beleidigung, weil er den Polizeibeamten, der ihn wegen der Schwarzfahrt vernommen hatte, gefragt hatte, ob er wirklich keine anderen Sorgen hätte. Seine Partnerin und er sahen mich erwartungsfroh an.

VI.

Nach seiner von Schleppern organisierten Überfahrt über das Mittelmeer war Henry zunächst in Italien gelandet, wo er gezwungen wurde, seine Fingerabdrücke abzugeben und Asyl zu beantragen. Ansonsten wäre er wegen illegalen Aufenthalts in Haft genommen worden. Eigentlich hätte er daher aufgrund der »Dublin-Verträge« nach Italien zurückgemusst, um dort sein Asylverfahren weiter durchzuführen. Die Geschichte, die er dem Bundesamt und mir erzählte, warum auch das nicht möglich war, und er keinesfalls zurück nach Italien könne, war ebenfalls abenteuerlich: Er war nach seiner Ankunft in Italien mit acht weiteren Asylbewerbern in ein kleines Ein-Zimmer-Appartement gesteckt worden, das der italienische Staat offenbar zu diesem Zweck angemietet hatte. Nach einigen Tagen aber wurden sie von dem Eigentümer herausgeworfen, und landeten auf der Straße. Ein freundlicher älterer Herr nahm sich seiner an. Henry war dafür sehr dankbar. Einige seiner Mitflüchtlinge wurden in Italien umgehend inhaftiert. Andere hatten sich der nigerianischen Mafia angeschlossen, die sich in Italien mit Drogenschmuggel und anderen Geschäften ein lukratives Standbein aufgebaut hatte. Er wollte weder mit der nigerianischen Mafia noch mit der italienischen Justiz zu tun haben, und freute sich daher sehr, als ihn am Hafen dieser freundliche und elegante Herr ansprach. Er stellte sich ihm als ehemaliger Lehrer vor, der den Umgang Europas mit den Flüchtlingen ungerecht fände und daher helfen wolle, wo er könne. Dieser Herr bot ihm eine kostenlose Unterkunft für die ersten Wochen an.

VII.

Die ersten Tage in seinem neuen Zuhause waren für Henry sehr angenehm. Der ältere Herr und seine etwa zwanzig Jahre jüngere Ehefrau kümmerten sich rührend um ihn, und päppelten ihn nach der kräftezehrenden Flucht erst einmal wieder richtig auf. Er bekam mehr Pasta, als er essen konnte. Henry wollte dafür arbeiten oder im Haushalt aushelfen, aber das Ehepaar, das offensichtlich keine Kinder hatte, lehnte dies immer wieder freundlich ab. Eines Abends trank der ältere Herr noch mehrere Flaschen Rotwein mit Henry, nachdem seine Frau schon zu Bett gegangen war. Bei dieser Gelegenheit eröffnete er Henry, dass er nur eine einzige Bitte an ihn hätte. Er selbst sei alt und schwach, und hätte seit Jahren nicht mehr mit seiner Frau schlafen können. Zur Verdeutlichung seines Alters nahm er dabei sein Gebiss aus dem Mund und zeigte es Henry. Seine Frau bräuchte jedoch ab und zu Sex mit einem richtigen Mann, und er wolle ihr diesen Wunsch gerne erfüllen. Könne Henry das nicht als kleine Gefälligkeit für seine Aufnahme in ihrem Haus für ihn erledigen? Henry hatte einerseits Angst, dass ihn der Mann aus dem Haus schmeißen würde, wenn er ihm diesen Gefallen nicht tun würde. Andererseits war er ihm und seiner Frau tatsächlich zutiefst dankbar dafür, dass sie ihn vor der nigerianischen Mafia und der italienischen Justiz in Sicherheit gebracht hatten.

VIII.

Henry schien zu hoffen, dass er seine Probleme gelöst hatte, indem er die Zettel auf meinen Schreibtisch gelegt hatte. Seine Begleiterin schien zu erwarten, dass ich ihn erst einmal ordentlich zur Rede stellte. Bevor ich jedoch überhaupt etwas sagen konnte, bellte sie wieder los: »Siehst du Hasse! Der Herr Rechtsanwalt ist auch sprachlos! Ich hab's dir gesagt! Wie kann man nur so dumm sein. Das verstehe ich nicht.«

Ihn störte ihr Ton nach wie vor nicht. Er sah verliebt zu ihr auf: »Ja, Hase, du hast recht, das war dumm von mir.«

Das stimmte sie etwas gnädiger, was sie jedoch leider nicht dazu veranlasste, ihre Stimme zu senken. Merkwürdigerweise fing sie dagegen plötzlich an mit Henry so zu reden, als könne er kaum Deutsch, obwohl er es inzwischen fast fließend sprach: »Nicht gut, Hasse! Nicht strafbar machen, habe ich gesagt. Verboten, verboten, nein, nein!« Sie wedelte so mit ihrem rechten Arm herum, dass ich befürchtete, sie würde ihm gleich eine scheuern.

Er aber nickte dankbar und lächelte sie an. »Du hast recht, Hase.« Ihr Top war durch das empörte Gestikulieren und Schimpfen etwas verrutscht, so dass ich auf ihrem rechten Busen den Teil einer Deutschlandfahne erkennen konnte. Ich wusste nicht, ob diese Fahne dort als Relikt der letzten Fußballeuropameisterschaft aufgemalt oder gar dauerhaft tätowiert war, und musste mich ohnehin zusammenreißen, nicht allzu auffällig auf ihren wallenden Busen zu starren.

Der Bußgeldbescheid und die Strafbefehle jedenfalls waren ein Problem. Henry durfte nicht mehr arbeiten und bekam weniger Leistungen als ein deutscher Sozialhilfeempfänger. Woher sollte er das Geld nehmen? Wenn er nicht bezahlte, würde er stattdessen ins Gefängnis kommen und eine Ersatzfreiheitsstrafe verbüßen. Ein Tag Haft pro Tagessatz seiner Geldstrafe, den er nicht bezahlen konnte. Die vom Gericht festgesetzte Höhe jedes Tagessatzes betrug zwanzig Euro. Viel zu viel für Henry, der im Monat etwa dreihundert Euro an Sozialleistungen bezog.

Von einigen Asylbewerbern wusste ich, dass sie z. B. im Pizzadienst schwarz arbeiteten, um irgendwie über die Runden zu kommen, und dabei von den Arbeitgebern mit Stundenlöhnen von drei oder vier Euro ausgenutzt wurden. Andere verkauften Drogen, oder ihre Körper. Ich wollte lieber nicht wissen, wie Henry an sein Geld kam.

IX.

Die Protokolle der Anhörungen des Bundesamts lasen sich meist nicht so, als hätten die Anhörer tatsächlich Interesse an dem, was die Asylsuchenden erzählten. Hier schien das anders zu sein.

»Und was geschah dann? Fanden Sie die Frau denn attraktiv?«

»Nein. Sie war sehr hässlich. Sie hatte wenig Zähne, und war ganz dürr. Viele Knochen.«

»Aber Sie haben dann trotzdem mit ihr geschlafen?«

»Ja. Ich war betrunken. Ich bin dann zu ihr ins Schlafzimmer, und ich glaube, sie hatte noch gar nicht geschlafen.«

»Aber was hat das mit Ihrem Asylantrag zu tun?«

»Nach dem Vollzug des Geschlechtsverkehrs hat mich der Mann unter Druck gesetzt. Er hat gesagt, dass er mich meldet. Er war auf einmal völlig anders. Nicht mehr freundlich.«

»Wollte er Sie wegen Vergewaltigung seiner Frau bei der Polizei melden?«

»Nein, er hat mich vergewaltigt.«

»Ich weise Sie nochmals darauf hin, dass Sie sich nur selbst schaden, wenn Sie hier nicht die Wahrheit sagen. Warum soll er Sie auf einmal vergewaltigt haben? Der ältere Herr mit dem Gebiss?«

»Er hat mir gedroht, dass er mich anzeigen müsse, dass ich mit seiner Frau Geschlechtsverkehr hatte, wenn ich ihn nicht sexuell befriedigen würde.«

»Aber es ist doch nicht strafbar, dass Sie mit seiner Frau geschlafen haben!«

»Er wollte mich auch nicht bei der Polizei anzeigen. Sondern bei der Mafia. Der Cosa Nostra. Er war dort Mitglied. Es gibt sie nicht nur auf Sizilien. Und er hat mir gesagt, dass die Mafia dem, der mit der Ehefrau eines Cosa Nostra Mitglieds geschlechtlich verkehrte, seinen Penis abschneiden und ihn dann zwingen würde, diesen zu essen.«

»Und das haben Sie geglaubt?«

»Natürlich. Es stimmt auch. Man kann es überall googeln.«

»Und dann?«

»Habe ich ihn sexuell befriedigt. Aber nur aus Angst. Es war also eigentlich eine Vergewaltigung.«

»Selbst wenn wir annehmen, dass diese Geschichte stimmt, dann wären sie doch bei einer Rückkehr nach Italien nicht in Gefahr!«

»Doch! Ich bin dann geflohen, weil er auch wollte, dass ich seine Freunde sexuell befriedige. Der Mann ist sicher wütend, weil ich abgehauen bin, und hat mich an die Mafia verraten. Und die Mafia ist der wahre Herrscher von Italien!«

X.

Es half alles nichts. Das Bundesamt für Migration und Flüchtlinge lehnte es ab, seinen Antrag überhaupt inhaltlich zu prüfen, und kündigte an, ihn nach Italien abschieben zu lassen, wenn er nicht freiwillig dorthin zurückginge. Faktisch änderte sich erst einmal nichts. Allerdings war Henrys Aufenthalt nun nicht mehr gestattet, sondern nurmehr geduldet. Henry jedoch ging nicht nach Italien, und wurde auch nicht dorthin abgeschoben.

XI.

Nachdem sechs Monate abgelaufen waren, ohne dass irgendetwas passiert war, durfte Deutschland Henry nicht mehr nach Italien abschieben, sondern musste selbst über seinen Asylantrag entscheiden. Faktisch änderte sich erst einmal nichts. Henrys Aufenthalt war allerdings nun nicht länger nur geduldet, sondern wieder gestattet. Auch durfte er wieder arbeiten. Nach einigen Monaten dann kam die Ablehnung seines Asylantrages. Henry wurde aufgefordert, nach Nigeria zurückzugehen, ansonsten würde er dorthin abgeschoben. Dagegen erhoben wir Klage, so dass sich faktisch erst einmal nichts änderte.

Nach etwa achtzehn Monaten kam dann die Ladung zur mündlichen Verhandlung über die Klage. Der Richter am Verwaltungsgericht war sehr freundlich. Er hörte sich geduldig Henrys Geschichte an. Außer Henry selbst hätte niemand sagen können, was von dieser Geschichte stimmte und was nicht. Ganz unabhängig davon war es eine gute, mit vielen Details liebevoll und geistreich gestaltete Geschichte, was der Richter nach meinem Eindruck auch goutierte. Ich konnte es ihm gleichwohl nicht verübeln, dass er im Ergebnis die Entscheidung der deutschen Behörden für richtig hielt, denn dass Henry in ganz Nigeria von Mitgliedern der Blutsbruderschaft aufgespürt werden könnte, erschien auch mir wenig glaubhaft. Auch das Gericht entschied also, dass Henry Deutschland verlassen müsse, ansonsten würde er nach Nigeria abgeschoben. Faktisch änderte sich aber erst einmal wieder nichts, außer dass Henrys Aufenthalt in Deutschland nun nicht mehr gestattet, sondern nurmehr geduldet war, und er nicht mehr legal arbeiten durfte. Letzteres war nicht nur für ihn, sondern auch für seinen Arbeitgeber, einen Seniorenpflegedienst, ein großes Problem, da lange kein Ersatz gefunden werden konnte.

XII.

Henry wurde im Laufe der Monate ein regelmäßiger, und sehr hilfreicher Gast in unserer Kanzlei. Er war Ansprechpartner vieler nigerianischer Asylbewerber aus dem Umkreis, und kam immer wieder mit neuen Mandanten, für die er dann übersetzte. Als einmal unsere Türklingel kaputt ging, reparierte er sie, und als eine ukrainische Mandantin im Wartebereich weinend zusammenbrach, weil sie Krebs hatte und dennoch abgeschoben werden sollte, war er der einzige, der sie trösten und wieder aufbauen konnte. Ich hätte ihn liebend gern als vierhundertfünfzig-Euro-Kraft engagiert, aber es war chancenlos. Er bekam von der Ausländerbehörde keine Arbeitsgenehmigung, solange er seinen nigerianischen Pass nicht dort ablieferte. Den hatte Henry jedoch nicht, und wenn es ihm gelungen wäre, sich den Pass zu organisieren, und er ihn dann abgegeben hätte, hätte man ihn abgeschoben.

XIII.

Sie war schon aus dem Treppenhaus zu hören. Ich überlegte kurz, ob ich mich durch meine Sekretärin verleugnen lassen oder auf der Kanzleitoilette verstecken sollte, aber es war zu spät. Schon polterte sie herein, mit einem schuldbewusst wirkenden Henry im Schlepptau. Dass sie keinen Termin hatten, scherte die Dame nicht weiter. Schon saß sie mir gegenüber, und wies Henry wie einen Hund an, neben ihr Platz zu nehmen. Mir schwante Übles, und tatsächlich: Er kramte wieder einige Papiere hervor, die er mir schweigend auf den Tisch legte. Es waren mehrere Bußgeldbescheide. Unter anderem hatte er nachts, als er sich unbeobachtet fühlte, an eine Kirche gepinkelt. Schlimmer aber war die Anklageschrift der Staatsanwaltschaft, weil er seinen Pass aus Nigeria immer noch nicht besorgt hatte. Nun drohte ihm endgültig Gefängnis, zumal er auch die Raten für seine bisherigen Bußgelder und Strafzahlungen nicht mehr bezahlen konnte, und deshalb auch ersatzweise in Haft kommen sollte.

Aber genauso schlimm für ihn war offenbar noch etwas anderes. Seine sweet lady hatte diese Bühne gesucht, um ihm noch einmal vor mir und dem gesamten Kanzleipersonal, das sie trotz der geschlossenen Türen meines Büros kaum überhören konnte, ins Gewissen zu reden. »Hasse, ich hab's dir tausendmal gesagt. Ohne Pass nix Heirat. Verstehst du? Nix Heirat. Nein, nein, nein!«

»Aber Hase ...«

»Ich habe es nicht nötig, mit jemandem zusammenzuleben, der mich nicht heiraten kann. Und der auch noch ins Gefängnis kommt. Knast, Hasse, Knast. Nicht nötig habe ich das. Herr Rechtsanwalt, sagen Sie es ihm, er versteht es einfach nicht!«

»Ich ..., also ...«

»Entweder Hasse, du gehst nun zur Botschaft, Embassy, verstehst du, und holst deinen Ausweis, oder wir sind getrennte Leute. Getrennt! Nix mehr Mann – Frau!« Wütend stand sie auf, und verließ grußlos den Raum. Er trottete, nachdem er mir noch einen hilflosen Blick zugeworfen hatte, hinterher.

XIV.

Mit der Zeit bewunderte ich auch Henrys Kleidungsstil. Zusammengesetzt aus verschiedensten Stücken, die er wohl zum größten Teil auf dem Altkleidermarkt besorgt hatte, ergab sich ein höchst eigenwilliges Outfit. Dieses hätte bei jedem anderem billig gewirkt. Bei ihm wirkte es würdevoll. Meistens trug er ein Tweed-Jackett, eine Art Hawaii-Hemd, eine goldene Kette und eine Schiebermütze. Aus seiner Jackentasche blitzte ein Zigarettenetui hervor, ebenfalls aus falschem Gold. Wir kannten uns nun seit langem, und als er an diesem Tag in meine Kanzlei kam spürte ich, dass ihm etwas auf der Seele lag.

Nachdem er sich gesetzt hatte, zog er das goldene Etui aus der Tasche, und hielt es während unseres ganzen Gesprächs in seinen Händen, wo er es hin- und herschob und immer wieder nach allen Seiten wendete, als würde er dort irgendwo die Lösung seines Problems suchen. »Meister, wir haben viel Gold in Nigeria. Aber viele arme Leute.« Er wollte offenbar erst einmal etwas Zeit gewinnen, und suchte noch nach den richtigen Worten. »Sie hat anderen Mann. Aber das ist nicht ihre Schuld. Es ist ein böser Zauber. Ein böser, böser Zauber.«

»Oh je, das tut mir leid.«

»Ich bin guter Mann. Ich bin guter Mann! Warum, warum nur?« Er trommelte mit den Fingern auf sein Etui. »Aber sie kann nichts dafür. Und ich darf nicht auf sie wütend sein!«

»Warum denn nicht?«

»Weil es ein Voodoo-Zauber war. Und wenn ich auf den wütend würde, würde er mich auch befallen.«

Zuerst hielt ich das für Unsinn, aber je länger ich darüber nachdachte, desto besser gefiel mir diese Erklärung. In unserem Kulturkreis wäre man wütend auf die Frau geworden, und hätte irgendwelche psychologischen Deutungen ihres Verhaltens gesucht. Oder man hätte an sich selbst gezweifelt. Henry war traurig, weil er seine Frau an einen anderen verloren hatte, aber er war nicht wütend, weder auf sie, noch auf den anderen Mann, noch auf sich selbst. Schuld war einfach der böse Zauber. »Weil ich keine Papiere hab'. Nur, weil ich keine Papiere hab'. Meister, über Deutschland liegt ein böser Zauber. Es geht nur um Papiere, Papiere, Papiere. Aber ich bin ein Mensch. Und ein guter Mann. Deutschland will mich nicht hierhaben. Aber in ein deutsches Gefängnis, da will man mich trotzdem reinstecken.«

Henry knüllte einen Zettel aus seiner Hosentasche, und breitete ihn vor mir aus. Es war die Ladung zum Hauptverhandlungstermin vor Gericht.

Er war nun seit knapp vier Jahren in Deutschland, und zum ersten Mal habe ich ihn da richtig niedergeschlagen erlebt. Ich möchte nicht wissen, wie viel Geld die Verwaltungs-, Ordnungswidrigkeiten und Strafverfahren gegen ihn bislang gekostet hatten, und wie viel Geld dem Steuerzahler und den Sozialversicherungsträgern dadurch entgangen war, dass Henry nicht arbeiten durfte. Aber es war nicht zu ändern. Das nächste Mal würde ich ihn vor Gericht treffen, wo ich ihn gegen die Anklage wegen unerlaubten Aufenthalts verteidigen wollte.

XV.

Die Richterin, der Staatsanwalt und die Protokollführerin waren inzwischen anwesend, aber Henry, der Hauptdarsteller, kam nicht. Nachdem wir fast eine halbe Stunde gewartet hatten, und ihn auf dem Handy nicht erreichen konnten, war klar, dass er auch nicht mehr kommen würde. Da saßen wir nun vor unseren Akten, sahen uns an, und konnten niemanden anklagen, verteidigen oder verurteilen.

XVI.

Das letzte Lebenszeichen, das ich von ihm bekam, war eine E-Mail aus Spanien. Er hatte ein Bild beigefügt, das ihn bestens gelaunt und Arm in Arm mit einer Frau zeigte. Er war offenbar wieder glücklich. Wir aber hatten einen guten Mann verloren.

Nachwort

I.

Sind Flüchtlinge krimineller als wir Einheimischen?

Vor einer Annäherung an diese Frage muss man sich vor allem zwei Aspekte bewusst machen. Zum einen entsteht Kriminalität nicht nur durch diejenigen, die bestimmte als strafbar definierte Handlungen begehen, sondern auch durch diejenigen, die diese Handlung eben als strafbar und damit kriminell einstufen. Kriminalität ist daher immer ein soziales Konstrukt, und allenfalls als solches objektivierbar. Bei einer Annäherung auf die Frage, wer krimineller ist, befindet man sich aber meist innerhalb dieses Konstruktes, in dem schon festgelegt ist, was kriminell ist und was nicht. Zum anderen sind die Statistiken über durch Flüchtlinge verübte Kriminalität mindestens mit der gleichen Vorsicht zu genießen wie Statistiken im Allgemeinen und Kriminalitätsstatistiken im Besonderen. Zu vielfältig sind die Darstellungs- und (politisch motivierten) Nutzungsmöglichkeiten solcher Statistiken.

Junge Männer haben generell die höchste kriminelle Energie, so dass es kaum Wunder nimmt, wenn Staatsbürger aus Ländern, aus denen verhältnismäßig viele junge Männer zu uns kommen, in Kriminalitätsstatistiken entsprechend überrepräsentiert sind. Insgesamt lässt sich aus den vorhandenen Statistiken aber wohl nicht ablesen, dass Flüchtlinge grundsätzlich krimineller als Deutsche seien. Je besser die Bleibeperspektive ist, desto geringer ist die Kriminalitätsquote. Die meisten Opfer dieser Kriminalität sind übrigens selbst Geflüchtete.

Eine ganz erhebliche Ausnahme gibt es jedoch. Es scheint so zu sein, dass Geflüchtete auch unter Berücksichtigung dieser Tatsachen zumindest bei Sexualstraftaten überrepräsentiert sind, was neben einem unterschiedlichen Anzeigeverhalten gegenüber Ausländern und der Tatsache, dass nicht wenige Geflüchtete traumatisiert sind, zumindest nicht ausschließbar auch daran liegen könnte, dass es in anderen Ländern vielfach noch ein ganz anderes Frauenbild gibt. Strafen eignen sich aber nur sehr bedingt dazu, dieser Art der Kriminalität zu begegnen. Das Problem liegt hier vielmehr eher darin, dass die jungen Männer aus anderen Kulturen die allermeiste Zeit untereinander verbringen und folglich unsere Normen und Werte so kaum vermittelt und wirksam werden können.

II.

Es ist in mehrfacher Hinsicht interessant, sich mit dem Themenkreis Flüchtlinge und Kriminalität näher zu befassen. Welche Handlungen kriminalisiert werden und wie dann auf die als solche definierte Kriminalität reagiert wird, ist von Land zu Land, von Gesellschaft zu Gesellschaft verschieden. Durch den Kontakt mit Menschen aus aller Welt, die sich zu uns flüchten, können wir auch etwas nähere Einblicke in die Justiz- und Strafsysteme ihrer Heimatländer und noch allgemeiner in die dortigen Normen und Regeln gewinnen. Wenn man dann sieht, wie weltweit verbreitet immer noch die archaischen Todes- und Folterstrafen sind, selbst in mit uns eng verbundenen Staaten wie den USA, dann muss man feststellen, dass wir ein im globalen Vergleich hohes zivilisatorisches Niveau erreicht haben. Dazu muss man noch nicht einmal die alles Menschliche zerstörenden Gewaltexzesse in den Foltergefängnissen in Syrien und anderswo in den Blick nehmen. Wem es wichtig ist, der kann auf dieses erreichte Niveau stolz sein. Man muss sich dabei jedoch immer bewusst machen, dass »die Decke der Zivilisation dünn ist«, wie es der große hessische Generalstaatsanwalt Fritz Bauer ausgedrückt hat. Auch wir sind nicht vor einem Rückfall in die Steinzeit gefeit, wie etwa Umfragen zur Todesstrafe zeigen. Die von uns erreichten menschenrechtlichen und zivilisatorischen Standards müssen immer neu erkämpft, gehalten und vertreten werden. Der Umgang mit geflüchteten Menschen ist ein Gradmesser dafür, wie dick die Decke unserer Zivilisation tatsächlich ist.

III.

Bei allem Stolz über das Erreichte muss uns zum anderen klar sein, dass auch das deutsche Strafrecht ungerechte und unvernünftige Anteile hat und daher stetig fortentwickelt werden muss. Unsere strafrechtlichen Grundlagen und unser Umgang mit »der Kriminalität« werden am Beispiel geflüchteter Menschen besonders zugespitzt auf die Probe gestellt. Strafbar kann sich hier nur machen, wer schuldig ist. Schuld wiederum setzt nach unserem Recht voraus, sich insoweit freiwillig zur Tat entschieden zu haben. Der letzte Grund zur Tat wird also in der Willensentscheidung des Täters gesehen und damit inzident auch die Behauptung aufgestellt, ein »normales« Mitglied der Gesellschaft hätte sich anders entschieden und verhalten. Ich bin überzeugt, dass die äußeren Umstände einen viel größeren Einfluss auf unser (ggf. kriminelles) Handeln haben, als es mit diesem Konzept von persönlicher Schuld und Vorwerfbarkeit suggeriert wird. Wenn ich das gleiche hinter mir hätte, was viele der Geflüchteten erlebt haben, und wenn ich unter den Bedingungen leben würde, unter denen viele von ihnen hier leben, hätte ich vermutlich schon mehr Straftaten begangen als die weit überwiegende Mehrheit dieser Menschen, die wohlgemerkt überhaupt nicht straffällig wird.

Oft wird die Ansicht vertreten, dass wir Gefängnisse schon allein aus Abschreckungsgründen bräuchten. Möchte man jedoch ernsthaft behaupten wollen, jemanden, dessen Heimat zerbombt worden ist, der die Ermordung mehrerer Familienmitglieder miterleben musste oder auf der Flucht über das Mittelmeer fast ertrunken wäre, mit der Aussicht auf eine Haft in einem deutschen Gefängnis von irgendetwas abschrecken zu wollen? Und den verhältnismäßig wenigen, die mit der Hoffnung auf ein staatlich subventioniertes Leben nach Deutschland kommen, kommt man durch einen Platz in Haft, der den Steuerzahler etwa hundertdreißig Euro am Tag kostet, oft eher entgegen.

Mit der Strafhaft wird zudem die Behauptung der Resozialisierung der Gefangenen verbunden. Besonders bei ausländischen Staatsbürgern zeigt sich jedoch, dass (Re-) Sozialisierung und Integration nur außerhalb der Gefängnismauern funktionieren können, und dass man mit der Haft oft gerade das Gegenteil davon erreicht. Die Spitze des Eisbergs sind diejenigen, die sich in Haft (weiter) radikalisieren. Das zeigt nicht nur, dass das Gefängnis soziale Probleme oft noch verschlimmert, anstatt sie zu lösen. Es unterstreicht auch, wie sinnvoll und notwendig es ist, Ressourcen in die Sozialisierung und Integration zu investieren, anstatt in die Bestrafung.

Letztendlich setzt das Strafrecht nicht nur Macht voraus, es wird zumindest in Teilen auch eingesetzt, um Machtverhältnisse zu erhalten und auszubauen. Am krassesten lässt sich das bei autoritären Regimen beobachten, die unerwünschte Personen per se kriminalisieren, wie das etwa mit den Juden im dritten Reich der Fall war. So weit sind wir zum Glück noch lange nicht, doch »Governing through crime« ist ein auch heute noch ubiquitär sichtbares politisches Phänomen. Durch die Betonung der Kriminalität geflüchteter Menschen im öffentlichen Diskurs wird denjenigen, die Fremde ohnehin ablehnen, eine Begründung dafür geliefert, und bei anderen werden Ängste und Aggressionen erst geschürt. Unsere Demokratie gerät in große Gefahr, wenn das Strafrecht in besonderer Weise auf bestimmte Personengruppen angewandt wird oder dazu missbraucht wird, Menschen zu desavouieren, gegen die man aus ganz anderen Gründen als den vom Strafrecht erfassten Abneigungen hat. Leider muss man feststellen, dass aus jeder Straftat eines Flüchtlings schnell ein Problem gemacht wird, das angeblich alle Flüchtlinge mit sich bringen. Wer dies tut, missbraucht das Strafrecht und begeht damit Unrecht nicht nur gegenüber den geflüchteten Menschen.

IV.

Wenn wir den Fokus noch etwas weiter stellen und noch stärker auf uns selbst richten, können wir ohne weiteres auch Anteile einer Normierungs-, Ordnungs- und Disziplinierungssucht erkennen, wenn wir Menschen wegen Schwarzfahrens und anderer Bagatellverstöße einsperren, was umso kleingeistiger wirkt, je mehr man über die zu uns kommenden Flüchtlinge von dem Leid erfährt, das Menschen weltweit täglich zu tragen haben. Setzen wir die richtigen Schwerpunkte im Einsatz unserer Energie und unserer Ressourcen? Kümmern wir uns um die wirklich wichtigen Dinge?

Strafrecht soll Ausdruck und Durchsetzung von Gerechtigkeit sein. Wie gerecht und glaubwürdig jedoch ist es, wenn wir aus ökonomischen Gründen Waffen für Hunderte Millionen Euro an Staaten wie Saudi Arabien liefern, die Kriege im Jemen und anderswo führen, und die eigenen Bürger z. B. wegen Drogenhandels köpfen, und gleichzeitig Menschen bei uns bestrafen, die vor solchen Umständen geflohen und hier straffällig geworden sind, dabei aber viel weniger Schlimmes als etwa der saudische Staat getan haben? Und wie gerecht ist es, wenn wir sehenden Auges Flüchtlinge im Mittelmeer ertrinken oder in libyschen Lagern foltern lassen, während wir hier jeden Schwarzfahrer mit großem Getöse vor Gericht stellen? Ist unser Strafrecht nicht zum Teil auch Ausdruck einer Scheingerechtigkeit, die vor allem der Stabilisierung unseres Selbstbildes dient und damit zur Selbstgerechtigkeit neigt?

Dieses Problem einer Scheingerechtigkeit stellt sich auch insoweit, als wir mit unserem Konzept von »Strafe« suggerieren, dass staatliches Handeln, das nicht formal als Strafe bezeichnet wird, auch keine ist. Viele Betroffene jedoch empfinden z. B. eine Abschiebung zurück in Hunger, Not und Gefahr als eine viel stärkere Strafe, als es die Haftstrafe je sein könnte.

V.

Dennoch: schlimme Straftaten wie die Vergewaltigung oder gar Tötung eines Menschen müssen verhindert werden, so gut es geht. Solche Verbrechen sind viel seltener, als die meisten glauben. Es hängt mit unserer psychologischen Natur und den Gesetzmäßigkeiten unserer Medien zusammen, dass über besonders schlimme Taten am häufigsten berichtet wird. Evolutionär gesehen macht es auch durchaus Sinn, dass wir Menschen unser Interesse auf besonders gefährliche oder schädliche Ereignisse richten, um sie bestmöglich bekämpfen oder verhindern zu können. Der Ur-Mensch, der in seiner Höhle am Feuer saß, wurde allerdings mit Informationen nicht geradezu überschwemmt. Er bekam seine im Vergleich zu heute wenigen Informationen, zudem entweder durch unmittelbare, eigene Erfahrung oder durch Berichte anderer Menschen im persönlichen Kontakt. Diejenigen, die ihre Aufmerksamkeit und ihr Interesse dem Bären am Eingang der Höhle und nicht dem Stück Fleisch auf dem Feuer zugewandt haben, hatten größere Überlebenschancen. In unserer Informationsmedien und Internetgesellschaft wird, überspitzt formuliert, jeder über alles informiert, was in der Welt passiert. Weil wir größeres Interesse an besonders negativen Ereignissen haben, wird medial verstärkt darüber berichtet, was wiederum bei uns Medienkonsumenten realitätswidrig den Eindruck erwecken kann, solche Vorkommnisse seien besonders häufig. Studien zeigen, dass die Angst vor Kriminalität und die »gefühlte« Kriminalitätsbelastung viel höher sind als es die tatsächliche Kriminalitätsbelastung rechtfertigen würde. Dieser Effekt dürfte besonders stark bei schwerer Flüchtlingskriminalität sein, da hier die Empörung darüber hinzukommt, dass jemand, der hier angeblich Schutz wollte, solchen Schaden anrichtet.

VI.

Jede solche Straftat ist trotz alledem eine zu viel. Der erste Gedanke ist oft: Hätte man denjenigen nicht ins Land gelassen oder schneller abgeschoben, wäre das nicht passiert. Da ist etwas dran, und je mehr Menschen hier sind, desto mehr Straftaten wird es auch geben. Die Forderung, kaum noch jemanden ins Land zu lassen, ist jedoch völlig unrealistisch. Vielen müssen und wollen wir aus humanitären Gründen helfen, und viele brauchen wir in unserer immer älter werdenden Gesellschaft schlicht und einfach auch.

Die Frage ist also eher, wie wir mit den Menschen umgehen, die bei uns leben wollen. Auf der einen Seite muss zumindest im Hinblick auf die grundlegenden Regeln unseres Zusammenlebens klar sein, dass die Einhaltung dieser Regeln von allen erwartet wird. Wie aber kann es gelingen, dass diese Normen möglichst selten verletzt werden? Wenn man sich dieser Frage näher annimmt, wird man feststellen, dass wir im Umgang mit Geflüchteten oft genau das tun, was aus kriminologischer Sicht gerade kriminalitätsfördernd ist. Es wird Geflüchteten von staatlicher Seite oft das Gefühl gegeben, nicht als Menschen respektiert, sondern eher abfällig geduldet zu werden, weil es eben gar nicht anders geht. Sie werden in zentralen Einrichtungen untergebracht, getrennt von »uns«. Sie haben oft eine völlig ungewisse Zukunftsperspektive und werden jahrelang im Unklaren darüber gehalten, ob sie dauerhaft in Deutschland bleiben dürfen. Viele, die arbeiten, eine Ausbildung absolvieren oder einen weiterführenden Deutschkurs belegen wollen, dürfen das nicht. Sie bekommen nur das Notwendigste zum Leben und können sich so gar nicht integrieren, selbst wenn sie wollen. Es wird vielfach zivilgesellschaftlichen, ehrenamtlichen, oder kirchlichen Kräften überlassen, unsere menschliche und wohlwollende Seite zu zeigen.

Indem wir im Strafvollzug das Ziel der Resozialisierung ausgegeben haben, um die Kriminalitätsquote der Insassen zu senken, haben wir zumindest anerkannt, dass fehlende Sozialisierung und Kriminalitätsgefahr zusammenhängen. Vielen Geflüchteten geben wir als Staat jedoch gar nicht die Chance, sich hier zu sozialisieren, womit wir unter dem Strich auch die Kriminalitätswahrscheinlichkeit erhöhen. Zum Teil schüren wir auch Aggressionen, in dem wir etwa Afghanen in eines der größten Krisengebiete dieser Zeit mit der Behauptung abschieben, dort sei es sicher genug und es gäbe genügend Arbeitsplätze. Jeder ist heute mit dem Handy vernetzt, so etwas spricht sich schnell herum und kann wieder auf uns zurückfallen. Auch werden Flüchtlinge von nicht wenigen als Sündenböcke für alle möglichen Probleme, Frustrationen und Aggressionen missbraucht, und der »kriminelle Flüchtling« ist, wie bereits angedeutet, die Trumpfkarte jeder populistischen Politik. Dies fördert nicht zuletzt auch fremdenfeindlich motivierte Straftaten, auf die in einer gesonderten Abhandlung näher einzugehen ist. Das alles kann zur Ausgrenzung, zur Demütigung, zu Wut und Aggressionen und einer Minderung der Bereitschaft führen, sich an unsere Normen zu halten. Das kann keine einzige Vergewaltigung oder Tötung erklären oder gar auch nur im Ansatz rechtfertigen. Aber viele der »kleineren« Straftaten könnten durchaus deutlich reduziert werden, wenn wir die skizzierten Umstände ändern würden. Vielleicht hätte man auch die Chance, den einen oder anderen höchst gefährlichen Menschen früher zu erkennen. Wie soll das derzeit gelingen, wenn doch nicht wenige mit Flüchtlingen kaum etwas zu tun haben wollen?

VII.

Es ist eine Illusion, die Sicherheit allein durch bürokratische Strukturen erhöhen zu wollen. Viele der Geflüchteten kommen aus Staaten ohne eine funktionierende öffentliche Verwaltung. Es ist oft unmöglich, durch Datenabgleiche oder Ähnliches herausfinden zu wollen, ob derjenige in der Vergangenheit gemordet oder ein rechtschaffenes Leben geführt hat. Hinzu kommt, dass viele ihre Identitätsdokumente nach der Ankunft in Deutschland verschwinden lassen, so dass in manchen Fällen noch nicht einmal sicher gesagt werden kann, woher sie kommen. Ich bin überzeugt, dass unsere Bürokratie unter dem Strich die Sicherheit kaum vergrößert, ganz zu schweigen davon, dass sie immense Ressourcen verschlingt, die anderweitig sinnvoller investiert wären.

Wichtig wäre dagegen eine dezentrale und lebensnahe Unterbringung von Asylbewerbern, viel schnellere Asylverfahren, die Eröffnung von Bleibeperspektiven auch außerhalb des Asylverfahrens über die Arbeits- oder Ausbildungsschiene und die schnellstmögliche schulische, berufliche und sonstige Einbindung des weit überwiegenden Anteils von denjenigen, die sich produktiv und konstruktiv einbringen wollen. Deutlich mehr psychologische und andere Hilfe ist auch für traumatisierte Geflüchtete notwendig.

VIII.

Am Ende steht die profanste aller Erkenntnisse: Ein geflüchteter Mensch ist in einer besonderen Lebenslage, aber ein Mensch wie jeder andere auch. Er ist weder besser noch schlechter. Unter Tausenden sind daher auch einige wenige, die anderen Schaden zufügen. So simpel, wie diese Erkenntnis ist, sie setzt sich nach meiner Erfahrung doch oft nicht durch. Geflüchtete Menschen werden symbolisch überfrachtet. Die einen missbrauchen sie als Sündenböcke für ihre Selbstwertprobleme und als (politische) Projektionsflächen für Frustration, Wut und Ängste, und bedienen sich dabei gerne der verstärkenden Elemente unseres Kriminalitätskonstruktes. Die anderen sehen in jedem geflüchteten Menschen einen »guten« Menschen, dem weitest möglich entgegenzukommen ist. Beides wird den Flüchtlingen nicht gerecht. Wir müssen ihnen auf Augenhöhe begegnen und sie in erster Linie als das sehen, was sie sind: Menschen.